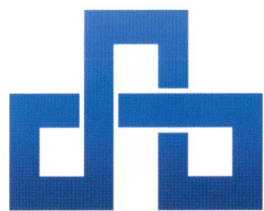

宁夏文艺评论

2021 卷 上

宁夏文学艺术界联合会
宁夏文艺评论家协会 编

黄河出版传媒集团
阳光出版社

图书在版编目（CIP）数据

宁夏文艺评论.2021卷：上、下/宁夏文学艺术界联合会，宁夏文艺评论家协会编. —— 银川：阳光出版社，2022.9

ISBN 978-7-5525-6470-9

Ⅰ.①宁… Ⅱ.①宁… ②宁… Ⅲ.①文艺评论－宁夏－当代－文集 Ⅳ.①I209.943-53

中国版本图书馆CIP数据核字(2022)第158023号

宁夏文艺评论 2021卷

宁夏文学艺术界联合会 宁夏文艺评论家 编

责任编辑 金小燕
封面设计 马惟军
责任印制 岳建宁

黄河出版传媒集团
阳 光 出 版 社 出版发行

出 版 人 薛文斌
地 址 宁夏银川市北京东路139号出版大厦（750001）
网 址 http://www.ygchbs.com
网上书店 http://shop129132959.taobao.com
电子信箱 yangguangchubanshe@163.com
邮购电话 0951-5047283
经 销 全国新华书店
印刷装订 宁夏报业传媒集团印刷有限公司
印刷委托书号 （宁）0024806

开 本 787 mm × 1092 mm 1/16
印 张 19.5
字 数 300千字
版 次 2022年10月第1版
印 次 2022年10月第1次印刷
书 号 ISBN 978-7-5525-6470-9
定 价 58.00元（全2册）

桔合秋声喷
村蓝春景不虹收
仍公白云动色
青山

元好问诗
郑歌平书

中国画 《梅兰芳》 王雪峰

梅兰芳先生在北京病逝享年二十七岁

己亥年盛夏大暑遇凉于塞上银川

王雪峰

梅兰芳名澜又名鹤鸣乳名裙姊字畹华别署缀玉轩主人艺名兰芳清光绪二十年生于北京梨园世家京剧表演大师梅先生八岁学戏九岁拜吴菱仙为师学青衣十岁登台后又承教于秦稚芬和胡二庚学花旦十一岁登台后又承教于秦稚芬和胡二庚学花旦一九一五年四月至一九二七年九月新排演了宵海潮审头刺汤等十几出戏于一九○九年荷俊赴日本美国荷苏联演出大获成功并荣获美国波莫纳学院和南加州大学荣誉文学博士学位曾任中国京剧院长中国戏曲研究院长中国戏剧家协会副主席一九五九年加入中国共产党一九六一年八月八日

中国画 《荷风》 丁淑萍

油画《绿水青山》 孟洁洁

摄影 《青铜峡黄河峡谷》 《播种与收获》 李鹏

倪俊峰 书

全面推进八五普法和黄河流域法治文化带建设

增强全民法治观念加快建设更高水平法治惠农

释文 庭沐莲风扬正气 窗敲竹雨念民情

岁次辛丑金秋竹贺贺兰山下雅阁瓷 倪俊峰书

庭沐莲风扬正气

窗敲竹雨念民情

漫画《歌唱家和她的听众》《一年发表一次》 何富成

剪纸《虎年大吉》《牛气冲天》 赵文华

序

2021 年，是全国文艺评论工作者特别振奋、倍感关怀、备受鼓舞的一年，中宣部等五部门印发了《关于加强新时代文艺评论工作的指导意见》，要求把好文艺评论方向盘，开展专业权威的文艺评论，加强文艺评论阵地建设，培养新时代文艺评论新力。《意见》为加强新时代文艺评论工作、发展文艺评论事业指明了工作方向，提供了行动指南。《意见》的出台凸显了文艺评论的地位和作用，也标志着文艺评论迎来了重要的时代契机，发展图景更加明朗。

喜看后浪催前浪，已知今年胜去年。2021 年，宁夏文艺工作深入贯彻落实习近平总书记关于文艺工作的重要论述，在高质量发展的道路上稳步前进，电视剧《山海情》、报告文学《诗在远方——"闽宁经验"纪事》《西海固笔记》《百万大移民》、长篇小说《孤独树》《西西弗的石头》《上口外》等一批佳作在全国产生了较为广泛的影响。宁夏文艺评论同步及时跟进，广大文艺评论工作者坚持正确导向，不负使命，担当作为，聚焦重大主题、优秀作品、重点门类和重点群体的创作，及时发声，主动发声，开展了具有理论深度和价值引导力的评论，为本土原创文艺作品提供了思想资源、智力支持和问题借鉴。总体来看，2021 年宁夏文艺评论呈现三个特点。一是文艺评论数量明显多于往年。二是文艺评论质量明显提高，特别是国内一线著名评论家围绕闽宁协作主题创作的多篇评论文章,在《人民日报》《光明日报》《文艺报》《中华读书报》等报刊发表,体现了其开阔的理论视野与精深的专业深度。三是文艺评论力量不断加强,特别是围绕《山海情》《诗在远方——"闽宁经验"纪事》等文艺精品,聂震宁、张陵、潘凯雄、梁鸿鹰、李朝全、牛学智等老中青评论家积极参与,文艺评论影响力不断增强。

文艺评论工作是文艺事业的重要组成部分,推进宁夏文艺高质量发展,文艺评论不可或缺。我们要立足朔方,极目八方,不仅要关注宁夏的名家名作,更要满腔热忱关注宁夏的新人新作;不仅要关注热点焦点问题,也要关注社会宏大题材;不仅要关注博大精深传统文化领域,也要关注朝气蓬勃的网络文化园地。当然,有一个不容回避的问题是,宁夏的文学评论与艺术评论发展不平衡,参与力量差别较大。我们衷心希望有更多的评论家关注文学之外的其他艺术门类,继而推出更多有分量有见地的艺术评论佳作。我们也真切希望全国文艺评论家一如既往倾心关注宁夏文艺创作,继续为宁夏文艺的发展"鼓"与"呼"。

道阻且长,行则将至。希望宁夏文艺评论家深入贯彻习近平新时代中国特色社会主义思想,落实好习近平总书记关于文艺工作的重要论述,始终秉持良好的学风,努力向全国一线评论家看齐,勇于探索,敢于担当,坚守品格,激浊扬清,发挥宁夏独特区位优势,传承深厚的文化底蕴和资源禀赋,开展积极健康的文艺评论,运用人民的、历史的、艺术的、美学的观点评判和鉴赏作品,大力创作"思想精深、艺术精湛、制作精良"的文艺评论作品,积极发挥文艺评论引导创作、推出精品、提高审美、引领风尚的重要作用,着力推动宁夏文艺高质量发展。

郎 伟

2022 年 10 月 16 日

目录 CONTENTS

主题·研讨

文学·评论

散文诗·专研

周年·专题

热点·聚焦

艺术·评论

文学·影视

主题·研讨

宏大背景下的微观叙事

——《大搬迁》阅读感受

◎赵炳鑫

  《大搬迁》的封面很有吸引力，很亮眼，具有很强的视觉冲击力，"大搬迁"的命名与题字都很宏阔大气。在这个读图的时代，这样的设计很重要。《大搬迁》这本书里，既有对国家生态移民宏观政策的关注，又有对移民个体的微观叙事；既有对西部移民历史的考察，又有对当下移民现场的亲历；所以，这本书既有历史的纵深感，又有即时的现场感，力求多方面、全方位反映历史现实，是一部不错的书，看得出来，三位作家确实下了大功夫。这样的作品，功夫下不到位是写不好的。

  我们说，任何一个时代，将真相记录下来的作品都是伟大的作品。一个作家如果感觉格外自由，或者格外幸福和舒服，那么，我以为这个作家的使命可以结束了。作家首先是知识分子。知识分子首要的职责是感受时代大潮的细致波动。我想，三位作家在完成这本厚重的作品时，肯定是艰辛的，对他们的触动也是最大的。

  《大搬迁》，我以为这是一部有真相、有温度的好书。因为它聚焦的是西海固这样一个群体，几百万人口的生存和生活问题。从主题来说，本身就具有不容忽视的意义。

  读《大搬迁》，让我想到了费孝通先生的《乡土中国》。西海固是传统的，也是乡土的。中国传统农业社会，在这里具有典型性。这里典型的社会结构是什么呢？是以血缘为纽带结成的"差序格局"。这就像在平静的水面上投下一块石头，波纹由中心向四周扩散，血缘的远近决定了谁在这个格局的中心位置，由近及远，由亲到疏。对于我们这样一个几千年封建宗法制传统礼治之下的社会，这一切决定了乡土社会的超稳定结构。在这样的结构中，乡村人形成的社会观念是什么呢？那就是安土重迁、深闭固拒、守土为本等传统保守观念，而且根深蒂固，所以，"大搬迁"首先动摇的就是这种超稳定的社会结构，这对于世代以黄土为伴的西海固人来说，在其生命中构成了一次大的动荡。这个动荡不单是物质上的，我以为更是精神上的，这就意味着几千年来所形成并固化到血液里的传统观念和"差序格局"要被全面瓦解。"大搬迁"本身就构成了一个大事件，颠覆和解构既定的生活方式，这对他们来说，不亚于一次大的精神世界的地震。如何表现这种地震，我以为本身就是一个非同小可的文学命题，段鹏举、火会亮、孙艳蓉三位作家把它呈现出来，意义不言自明。

接下来，我想谈谈纪实文学，现在学术上把纪实文学命名为"非虚构"。这几年宁夏出来了不少纪实作品，从质量上看，都不错。最近，季栋梁的《西海固笔记》我还没有看到，但跟《大搬迁》一样，都受到了读者的普遍关注。当然，这些作品大多是主题先行的产物。主题先行我不太喜欢，但也并不是说主题先行就一定写不出好作品，这不一定。我以为比虚构的小说更具深远的历史意义。文学是一种表达真相的艺术，真相跟真实不一样。雅克·拉康说过，真实是自行呈现在那里的东西，而真相则是人们所阐释出来的东西。解构主义哲学家罗兰·巴特提出了文本的概念，他把成功的文学作品叫文本。一般的文学作品所达到的书写目标是真实，而文本要达到的目标则是真相。好的文学作品就是罗兰·巴特所谓的文本。《大搬迁》是不是文本？现在下结论为时尚早，需要时间的检验，但我以为它在向文本靠近。在《大搬迁》中，有大量的细节和原生态呈现，这些呈现就是文本的核心要素。我在这次的阅读中，感受到了这个作品背后的某些意味，而这个意味本身就是文本延异的典型特征。我以为《大搬迁》是敞开的,我把它命名为一个开放的准文本,有许多未尽的东西,交给读者去完成。我相信每个人读了《大搬迁》,都会延异出自己心中的"大搬迁"。

当然,任何作品都不是完美的,《大搬迁》也有它的不足之处。

一是这部作品在结构上存在一些问题。我感觉有重复和多头叙事的问题。比如写红寺堡移民的内容,给人的感觉是重复了。

二是缺乏必要的反思与拷问。"大搬迁"这么重大的事件,是不可能没有瑕疵的,既然是一个文学文本,不是单纯的新闻宣传,就必须要触及文本主体的精神世界。我们都知道故土难离,西海固人跨出这一步并不轻松,并不是所有的人都欢天喜地,我就听说过在西吉县红耀乡有一个老人家,反反复复三四趟,搬走了,回去了,在亲朋好友的劝说下又搬走了,过了一段时间又回去了。他无法告别故土,这对他来说是伤筋动骨、牵心扯肺的事情。

我们说,文学是聚焦个体的,每一个痛苦的灵魂都独一无二,有高兴的,也有不高兴的,高兴的好说,不高兴的为什么不高兴,这些拷问十分必要,这才是一个完整的文本。听火会亮说原稿是有这些内容的,但最后因为各种原因,被拿掉了。我以为这是一个遗憾。当然,瑕不掩瑜,《大搬迁》在西部移民史上,我以为是一个不可忽略的文本,文本价值是毋庸置疑的。

赵炳鑫,中国作家协会会员,中国文艺评论家协会会员,宁夏作家协会理事,宁夏政协文史专员。

深入大地与时代现场的书写

——《大搬迁》读后感

◎张富宝

当我拿到《大搬迁》这本书的时候,感觉到它是厚重的、沉甸甸的。因此,首先是想表达敬意。向生态移民这项伟大的工程致敬,向千千万万参与这项工程的奋斗者与践行者致敬,向真实记录这段历史的写作者与见证者致敬!

其次是感动。看到《大搬迁》这个题目的时候,就有一种莫名的情感在涌动,耳畔隐约响起一首首气势磅礴的乐曲,眼前浮现出一幅幅有关大搬迁的热烈画面,直指那些波澜壮阔的历史岁月和依然正在进行的伟大的人类壮举。正好前几天假期,我在西吉、隆德、泾源、海原、彭阳这些地方做了一些人文考察,在龙王坝、观庄、六盘山、金鸡坪、南华山等地,深受震撼,感触颇深。如今的西海固,我们所到之处无不是青山绿水、秀美风光,真可谓换了人间。这些事实清楚地表明,我们的西海固,发生了难以想象的、翻天覆地的变化,已经告别了过去的那种荒芜和贫瘠。过去我们要"出卖苍凉",而现在到处是金山银山。

再次就是充满期待。从我个人的角度讲,我自己作为南部山区的一员,离开家乡已经很多年了,虽然我的根还在那里,但我其实对移民的相关情况并不是特别了解。生态移民在我的记忆里只是一个新鲜而遥远的词语,我相信有很多读者可能和我一样。所以,在读这本书的过程中,我充满了期待。

　　读完这本书之后,我认为这本书可以说是一本"当时之书""真诚之书""厚重之书"和"未尽之书"。

　　其一,这是一本"当时之书"。它可以说是恰逢其时,正当其时。众所周知,2020年是脱贫攻坚收官之年,是具有里程碑意义的时间节点。我们迫切需要一些重量级的作品去反映、总结与梳理相关方面的成果。《大搬迁》作为一份"献礼",就具有了特别的不可替代的意义和价值。事实上,面对这样前所未有的重大变迁与变局,《大搬迁》只是一种积极的、有益的尝试。当然,针对这样重大的时代主题,我们宁夏在这方面的写作还比较薄弱和滞后,还缺乏自觉的书写意识,还需要更具深度的挖掘。

　　其二,这是一本"真诚之书"。它体现出了写作者鲜明的立场与个性,是实录精神与人文情怀的统一,既做到了所谓的"事信",也做到了所谓的"情深"。从开始采访准备资料,中间几经周折,到最后的整合成书,可以说是用了近十年的时间。这样的时间长度意味着它完成得艰辛、困难,也在某种意义上保证了它的存在价值,因为时间会淘汰一切泡沫化、装饰化、口号化的东西。大家都知道,报告文学之类的文字很容易写成"遵命文学",写成某种相对简化的歌功颂德式的宣传文稿。从这个意义上来说,《大搬迁》这本书是真诚的,它的真诚体现在它有自己独立的立场,它有自己亲证的现场,它有自己独特的人文视角与情感关切。中国古代文艺理论讲"修辞立其诚",王充讲"疾虚妄","诚"也好,"疾虚妄"也罢,都是中国文艺的优良传统,既是一种艺术命题,也是一种写作伦理,都是要反对虚假失实,强调作家主体的使命担当。《大搬迁》正是遵循了这样的传统,依靠丰富、翔实的第一手资料,尽量不说官话、空话、假话和套话,保持了比较强的现场感,坚守着写作者对真实性与独立性的要求。同时,因为写作者在创作的过程中能动之以深情,以一种人文视角去呈现与把握写作对象,它是同情的、悲悯的、贴近的,而不是俯视的、悬空的、隔阂的,具有可靠的细节,情感的温度,始终以普通民众作为关怀的中心。比如《在路上·初到同心》里对同心的描述。

　　其三,这是一本"厚重之书",图文并茂。实际上可以视它为一部另类的移民史,是一部生态史,一部生活史,甚或是一部文化史。当然,《大搬迁》不是一部体大虑周的学术著作,可能与真正的历史书写还有一些差距,但最起码,它具有明确的现实关怀和历史意识。它真诚地记录了大搬迁时期的各种数据、场景和故事,还有各种鲜活生动的人物和细节;它第一次比较全面地对宁夏移民史进行了盘点和梳理,对中国更多的生态移民与生态文明建设提供了极具说服力的生动案例。

其四,这是一本"未尽之书",或者可以说是一本"未完成之书",还可以再去续写、改写甚或重写。首先,就这本书本身来说,尚有一些不足和缺憾之处,整体上显得有点局促和仓促,叙述风格缺乏统一性,结构上缺乏整一性,还可以再进行完善和提升。"局促"是指它的视野和格局,"仓促"是指它写作的精细度与艺术性。它还需要更丰富的细节,更典型的故事(不是素材与资料),更完整的体例(与多作者的集体合作有关,内容有点参差不齐,不同的作者对本书的期许也不尽相同),更深入的思考(比如大搬迁的问题与困境,移民的心理嬗变与精神生态),等等。其次,就生态移民这段历史来说,还可以有更深入、更宏大,甚或更细微的、更个性化的观察与表达,还可以有更多声部的、更多层次的书写,当然还要处理好它们之间的关系。我们可以不局限于非虚构的文字书写,还可以有更加丰富多元的艺术表达,文学的比如诗歌、小说、散文等,艺术的比如影视、戏剧、美术、音乐、摄影等都可以。其实宁夏近些年在这方面已经有了一些成功的范例。电视剧《灵与肉》就比较成功,它把张贤亮的小说与宁夏的时代变迁、地理风貌、人文景观结合起来,把宁夏新时期的历史文化贯通起来进行表现。还有电视剧《山海情》,就非常让人期待。试想一下,如果把《大搬迁》拍成电视剧或电影,也将会是一种非常不错的选择。这个壮举当然可以由原作者去完成,因为他们已经有了很好的前期积累。再次,《大搬迁》这本书为我们今后的写作,为新时代的写作,提供了很多可借鉴之处。从新中国到新时期,再到新世纪、新时代,中国当代文艺依然面临着"写什么"和"怎么写"的问题。《大搬迁》表明,非虚构写作还有非常广阔的写作前景和写作空间。我的一个观点是,从 20 世纪 80 年代开始,中国当代文学主要是去解决"怎么写"的问题,因此才有了各种先锋文学的热潮,遭遇到各种现代主义、后现代主义的猛烈冲击。新时代以来,我们已经学会了各种写作技巧,这时候更需要解决的是"写什么"的问题,因为这个问题关乎写作者的思想境界,关乎他的生活积淀,关乎他的艺术修养。我们有很多作家非常有才华,但不能进入时代的纵深与生活的现场之中,写不出震撼人心的东西,这是非常遗憾的。还有些作家经常抱怨没有什么可写的,好像生活除了鸡零狗碎就是一地鸡毛,或者是一些灰暗颓废的东西。就像这些年我去看一些画展,常常发现很多画家在技巧上没有任何问题,但不知道到底应该画什么。所以,读者看到的作品往往是没有生命与个性的,没有生活气息的,从概念到概念,从符号到符号,从书斋到书斋……很难感动人。《大搬迁》的生命力在于,它是深入大地与时代现场的写作,是面向当下的现实主义的写作。

2018 年诺贝尔文学奖得主、波兰作家奥尔加·托卡尔丘克说:"今天的问题在于,我们不仅不会讲述未来,甚至不会讲述当今世界飞速变化着的每一个'现在'。"讲述"未来"是个难题,讲述"现在"更是个难题。所以我希望在《大搬迁》之后,能有所超越,出现更好的作品!

(本文为 2018 年度宁夏高等学校科学研究项目"宁夏 70 后作家研究"阶段性成果,项目编号:NGY2018045)

张富宝,中华美学学会会员,中国文艺评论家协会会员,宁夏文艺评论家协会理事,宁夏大学人文学院副教授。

庄重和真诚　使命与担当

——读报告文学《大搬迁》

◎崔锦霞

《大搬迁》由中卫文联在新中国成立 70 周年之际和脱贫攻坚决胜之年隆重推出，引起了宁夏文艺界的关注。纵观全书，它接续书写了宁夏移民史，特别突出的价值和意义在于描绘了 20 世纪 80 年代至今宁夏移民发展的现实场景。

一、强烈的社会使命、历史情怀与担当精神

伟大的时代，作家和作品从不会缺席。段鹏举、火会亮、孙艳蓉把握时代脉搏，聆听时代声音，以脚步丈量大地，用文字发声，庄重、真诚地在宁夏脱贫攻坚之路上负重前行。他们以新闻工作者的敏锐、作家的才气和忠于事实的品格，较全面地记录了宁夏生态移民的全过程，这种自觉和担当难能可贵。五年多的时间里，他们深入移民区，走访了宁夏 39 个县 202 个村庄。作品涉及地域广阔，时间跨度大。百万移民浩浩荡荡地分批次搬迁，背景复杂，事件分散，人物众多。创作过程，充分体现了为人民抒写、为人民抒情、为人民抒怀的美好愿景，回答了"为谁创作，为谁立言"的时代课题。

二、深刻的观察分析与整体把控能力

作者围绕"搬得出、稳得住、能致富""让易地搬迁的群众留得住、能就业、有收入,日子越过越好",对各阶段的移民政策解读到位,对重点移民区的采访目标明确,过程完整。采访涉及地方人文、教育、科技、医疗卫生、住房、环境治理、政策帮扶、移民的精神变化等内容,特别在反映产业扶贫、教育扶贫、文化扶贫、科技扶贫等方面浓墨重彩。其中采访对象的移民日记、工作博客及移民生活变化的有关新闻报道等,真实还原了搬迁过程的历史性变化。

作品对移民区整合各种资源,促进文化旅游业、现代观光农业、生态林业、新农村建设等各行各业的快速融合发展有真实具体的叙述。中卫市迎水桥镇鸣沙移民村依托沙坡头旅游区位优势,主打特色农家乐、现代观光农业及葡萄种植等,向着"生产发展、生活富裕、乡村文明、管理民主"的新农村目标迈进。固原市原州区特色蔬菜种植已成规模,银川市月牙湖乡建成奶牛养殖、红树莓种植基地,同心县打造枸杞产销链条……移民的生产生活有了全新变化,从靠外出打工到回到家乡学种菜,从下苦力到拼技能,从老农民到新工人,我们看到,移民找到了幸福生活的方向。

三、善于塑造典型人物,表达真情实感,表现移民精神

好作品的艺术感染力离不开人物的塑造。《大搬迁》真实塑造了移民搬迁中的干部群众形象,真情关切移民的生活,真诚讴歌党的好政策。

只有因地制宜、因人而异,才能找到合适的脱贫之路。面对"易地搬迁""三改三建""土地流转""产业调整"等一场场"硬仗",作者始终把移民干部解决人民群众的实际困难作为创作的出发点和落脚点。以多个村庄为线索展开叙事,每个故事都有原型和基础,充满了正能量。《初到同心》里生态移民办的马希丰,对移民区地理气候了解清晰,对村民农田使用情况如数家珍,对村民的种地、吃饭、教育、就医问题思考全面,令人动容。其调查报告

《关于中部干旱带人口转移的思考》，工作博客及与网民关于生态移民的交流文字，对同心风物的熟悉，即使父亲病危都没能及时赶回去等，一个献身移民工作的干部形象跃然纸上。在《刻骨铭心的搬迁》中，同心县马高庄乡党委书记李宁，讲述搬迁的感触时说："那几天我既兴奋又酸楚，毕竟是自己地界上的老百姓啊！"这是同心县最穷、最远、最分散的地方，在做完搬迁安排部署后的前夜，村民们彻夜难眠，他也在村里转来转去，东家进、西家出，安抚老乡的情绪，叮嘱搬迁过程中的注意事项，直到天蒙蒙亮，36 辆车喇叭齐响，移民大军浩浩荡荡出发，在海池山口与满含热泪的张家塬党委书记马宗新会合，他才舒了一口气，一个个全身心为移民着想的基层干部形象似乎就在我们眼前。这就是我们的干部。

作品对这些人物的塑造，血肉丰满，他们守责任，肯担当，明白人民疾苦，是移民搬迁、扶贫工作的中坚力量。

作者对搬迁之后的移民群众典型塑造也较成功。支持易地搬迁的秦奶奶，是有觉悟的老年人的代表，通情达理，在移民搬迁中起了积极的带头作用。石嘴山市平罗县红崖子乡五堆子村党支部书记周满仓，1986 年 30 岁出头从海原关庄乡搬来，二十多年用青春播撒、热血浇灌，让贫瘠盐碱地成为肥沃黄土地，如今 60 岁的他，不仅穰穰满家，吃喝不愁，而且是移民村党支部书记的模范。原州区利民新村 55 岁的移民马占荣给自己定下新目标：在党的好政策的鼓舞下，学点新技术，把日子过得更好。自觉移民的王兴俊，自我创业的苏平军、马小花，重回故土的兰生昌等，他们都是不满足于现状、不断追求新目标的移民新村村民代表，作者在这些人物身上倾注了大量的心血，他们身上吃苦耐劳、敢想敢干、敢为人先的精神，给宁夏乃至全国贫困区的移民起了示范带头作用，提振了精气神。

四、《大搬迁》的文学意义和历史高度

《大搬迁》关注民生，弘扬时代价值，真实书写了宁夏故事。

《大搬迁》的推出,正逢其时,它承担了记录宁夏百万生态移民大搬迁的使命,反映了宁夏中部干旱带移民干部和群众真实的生产生活,全方位、立体式书写宁夏人民在党的领导下,从物质层面到精神层面所发生的巨大变化,展示了中国西北地区城乡的历史性蜕变。

作品通过历史回溯、现实分析、客观数据、典型事例、群众感受,讲述宁夏移民群众勤劳奋斗、脱贫奔小康的故事,成功地写出了脱贫攻坚战的暖色调、幸福感。

崔锦霞,宁夏文艺评论家协会理事,中卫市文艺评论家协会副主席。

一部厚重的富有时代意义的书

——也谈《大搬迁》

◎焦玉霞

读《大搬迁》这部书,总有一种最原始、最复杂的情感在心底汩汩流淌,不由想起了艾青的诗句:"为什么我的眼里常含泪水?因为我对这土地爱得深沉……"《大搬迁》这部书,是一部厚重的,富有时代意义的书,它记录了在大搬迁过程中人们的心路历程,表达了山区人民对美好生活的向往,讴歌了党的惠民政策。此书有如下几个特点。

一、史料翔实,用数据说话

《大搬迁》叙述了宁夏的历史沿革、地域风貌等特征,交代了历朝历代对宁夏的管辖治理。尤其是对宁夏地域风貌的描述,让我们对宁夏南部山区的特征有了更进一步的了解,对这里的人文环境、生存环境有了更进一步的认识。一直以来,党中央关心爱护这里的人民,为改善人民生活做了许多工作。《大搬迁》的作者在叙述历史沿革、社会变迁和党中央采取的一系列惠民措施时,用了一组组数据,从这些数据中,我们看到作者严谨认真、踏实求真的创作精神。他们在大量的史料中翻阅、查找、搜索、考证……使这部书显得更加厚重,更富有历史意义和现实意义。《大搬迁》既是一部文学作品,又堪称是文献资料。

二、事例典型，有血有肉

《大搬迁》不仅数据详尽，还通过典型事例，让一个个有血有肉的人物展现在读者眼前，让读者感受到了普通民众温热的心跳，看到了他们对故土的依恋，对美好生活的向往……秦奶奶离开故土的前一天，难舍一家几十口人居住的老屋，温热的炕头，让人感到酸涩无奈。秦奶奶是千千万万普通老人的代表，她的慈祥热情、纯朴善良、执着坚定，温暖了我们，让我们随着作者的文字游走，深入社会的底层，看到了普通民众温暖幸福的追求。马希丰热情洋溢的语言，真情书写的博客，让读者看到了移民对美好生活的渴盼。马存禄、周满仓、王兴俊、苏平军等普通的人物，不断与自然抗争，在恶劣环境中顽强拼搏，他们的热情、执着、努力上进，都给我们留下了难以抹去的印象。他们搬的是旧家，安的是新家；离开的是贫穷，拥抱的是幸福；着眼的是下一代，托举起的是希望。《大搬迁》记录的是一个个人物的心路历程，扣动的是读者的心弦。书中的人物，朴实无华，有血有肉，栩栩如生，富有个性特征。他们是千千万万移民的代表，通过他们，我们看到了山区人民生活的艰难困苦，也感受到了党的阳光沐浴着他们，在奔向富裕的道路上，他们的脚步坚定，信念坚定……

三、场景再现，大气磅礴

《大搬迁》这部书是几个人合著的。作者满怀一颗滚烫的心，书写苦难、希望、喜乐和悲愁，书写党的温暖。作者的心和山区人民的心一起跳动、共同呼吸，他们的血脉，汇聚成了巨大的力量，这种力量，滚滚向前，势不可当。让我们直观地看到这种力量的，是《大搬迁》多次再现的场景——天蒙蒙亮，全村乃至几个村庄的村民准备出发了。彻夜难眠的村民，依依不舍的心情，满怀对美好生活的期待……老老少少坐在车上，泪别父老，千沟万壑，千言万语，千头万绪，都随着黎明发酵膨胀……在这一幕幕的场景再现中，我们的思绪澎湃奔涌，情感波澜起伏。一切，都包容在这喜庆壮观、酸涩温馨的场景中。没有一定的文学功底，是难以驾驭这样宏大的场景的。

对于新村的描写，更令人神往。远远就能看到的红色房顶，一排排整齐的房屋，平展宽阔的道路，在阳光下，在蓝天白云的灵动中，是家园，更是归宿。拿到新房钥匙欢欣愉悦的移民，在新的环境，规划着未来的场景，我们看到了壮阔的场面，也看到了移民的心愿。作者再现的场景是壮阔的，大气磅礴的，让我们看到了一个时代的变迁。

四、真情投入，倾情书写

初次看到《大搬迁》的书名，想当然地认为就是一部宣传性质的书籍。当捧着书本阅读的时候，却被《大搬迁》深深地吸引住了。作者不是站在山巅看山谷，而是实实在在地深入群众之中，深入田间地头，和普通民众促膝长谈，真情交往。大山里的村干部是朋友，普通民众是兄弟姐妹，有了这样的心胸，有了换位思考的真情，满怀对山区人民的爱去写作，想山区人民所想，感受山区人民的苦难。《大搬迁》不仅写了美好的生活，还写了山区人民为了实现美好的愿望，苦苦地与自然抗争。呼啸的北风，飞动的沙砾，沟沟坎坎的土地，漏雨的房屋……在严酷的自然环境中，有血肉之躯在挣扎、抗争、呐喊、期盼。作者在写作时倾注了真情，所以在读《大搬迁》时，读者的心总是被紧紧地抓住，多次泪目、心痛、感叹不已。真情是文学作品的本质，用真情书写的作品，具有撼动人心的力量。书中苍茫的群山，游动的雾霭，血色的晚霞，漆黑的深夜，废弃的碉堡，十几年前种植的桃树梨树，人民在群山万壑之中的对天长叹和苦苦哀求，几代人黝黑的面庞，粗糙的大手，辗转的奔波，都深深地打动了读者的心。正因为如此，搬迁才更富有时代意义。阅读此书，看到了大山深处的贫穷，也触摸了作者滚烫的心窝和悲悯的灵魂，更感受到了山区人民的期盼。苦难的生活，随着一个伟大的时代画上了句号，美好的生活，就在眼前！

焦玉霞，中卫市作家协会会员。

《大搬迁》前后及其中

◎孙艳蓉

习近平总书记强调:"全面实现小康,少数民族一个都不能少,一个都不能掉队。"党中央把消除贫困庄严地写在了自己的旗帜上。把贫困地区的群众搬迁到自然条件较好的地区,让他们"搬得出,稳得住,能致富",并使迁出地的生态环境逐步得到恢复,是宁夏脱贫攻坚的经验。毫无疑问,宁夏生态移民工程,是一项为人民谋幸福,为生态谋恢复、谋发展的工程。

自 2007 年以来,在党中央、国务院的关心支持和自治区党委、政府的正确领导下,自治区各厅局通力协作,整合资金,举全区之力开展工作。经过不懈努力,饱受恶劣环境折磨之苦的山区民众,有组织地相继从山上搬到山下,开始了他们崭新的、充满了美好希冀的移民区生活。在已经批复建设的移民安置项目区内,那带着浓浓现代气息的移民安置房,在平坦的塬地布成阵势,成为宁夏大地上最亮丽、最夺目的风景。

这一关乎民生福祉的浩大工程,我们有幸参与其中。

那是 2014 年 4 月的一天,天气刚刚转暖,但办公室里还很冷,中卫市新闻传媒中心党委书记、主任段鹏举,召集相关人员开动员策划会。他说这是一个伟大的时代,生态移民是一项壮举,作为传媒人,我们有责任也有义务记录这一壮举。当时,每个人都听得热血沸腾。之后不久,段鹏举书记便列出了此书的框架和章节。我们后面的采访、编写，自然而然地契合到这框架里去了。

我们的采访是从2014年10月开始的，此书的摄影者王兴俊，也是我们的司机师傅，开车载着我和段鹏举书记，用一个多月的时间，跑遍迁出区及迁入区，行程近4000公里。我们用镜头、用笔记录下一个个感人场景、一幅幅生动画卷，这些场景和画卷，是移民对美好生活的向往。

我们采访的116位有名有姓者，是新移民及老移民的典型代表，也是嵌在这本书里时时可以翻阅的章节。这些告诉我们，只要我们真正地走下去，融入他们之中，便会发现，他们中的每一位，都闪烁着耀眼的光芒。这光芒，有政府赋予的希望之光，也有自己不屈命运执着前行的人格之光。这些光，同样照亮了我们，不敢有丝毫懈怠。面对厚厚的采访本，我们夜以继日整理、成稿，只想把这项伟大的民生工程，早早呈现于读者面前。但是，后期稿成时，心中生出颇多遗憾：生态移民始于"十二五"期间，我们的采访从2014年开始，早期的移民工作我们未能介入，一部作品不能完满，我们如鲠在喉！一天，段鹏举书记说，宁夏知名作家火会亮老师早期也写过一部关于移民搬迁的报告文学，只因种种原因未能出版。我们考虑将两部作品结合一下，组成一部较为完整的作品。随后，我便和火会亮老师联系，很快拿到这部作品，一口气读完，不胜欣喜，从中可看出会亮老师采访的扎实和一个作家应有的敏锐。火会亮老师说，作品放置多年，未见天日，可谓一大遗憾，当初是怀了极大的热情和责任去写的，用手中的笔，真实而客观地记录下那一个个可歌可泣的人物及事件，还有搬迁场景，如电影，每当夜深人静，总在脑海里闪过。如果能呈现在读者面前，那是最好不过的了！

接下来，我开始统稿完善。果真，两部作品像两条源自高山的河流，在某一时间某一地点完美融合了！想想也是，我们用了一样的真情在里面。在我们采访的过程中，接触了一批敢于干事、为民服务的先进集体和个人。他们在这大规模的群众搬迁活动中不顾个人得失，敢于为民请命，敢于为民办事,敢于为党的事业和国家利益负责,和搬迁群众一起承受了巨大的精神和心理压力,最终完成了人生的壮举。与此同时,在各项建设任务全面展开时,工程建设是硬任务,一批优秀的人物为完成任务做出了卓绝的贡献。他们的故事需要记录、需要传颂,这就是长篇报告文学《大搬迁》的使命。

中卫市文联主席谈柱一直很关心此书的进度,在得知书稿完成又搁置几年后,将此作为文联 2019 年重点出版项目上报,得到中卫市委及市委宣传部的大力支持,将此书列为中华人民共和国成立 70 周年的献礼作品。

2020 年是决战脱贫攻坚、决胜全面建成小康社会及"十三五"收官之年,愿我们用心用情完成的《大搬迁》,能给这伟大的时代添上精彩的一笔。

孙艳蓉,中卫市作家协会副主席,现供职于中卫市新闻传媒中心。

脱贫攻坚中的乡间咏叹

——《翻越最后一座"高山"》读后感

◎杨风军

拿到王永玮同志的纪实文学集《翻越最后一座"高山"——固原脱贫攻坚纪事》,我对永玮说:"首先祝贺你,在繁忙的工作之余,能把自己的文字整理成这样一本书真是不容易。何况这本书由我国很有影响力的百花文艺出版社出版,这更是难能可贵。"紧握着他的手,看着这位 70 后的小伙子,真为他感到自豪。

在和他短暂的交谈中,了解到这本作品集所收录的文章皆是他在驻村帮扶、陪各媒体记者采访、独自深入乡村体验时耳闻目睹的有关脱贫攻坚的故事。我随手翻了翻,阅读了几篇作品,感觉有一股携着泥土之香的风扑面而来,眼前映现出苦战在这块土地上的父老乡亲、沉下去帮扶干部的古铜色脸庞……

把书带回家,在案头台灯柔和的光线下认真阅读,正如中国作家协会副主席、著名作家何建明所说:"在宁夏采访期间,有幸粗略地看了王永玮先生的作品《翻越最后一座'高山'——固原脱贫攻坚纪事》,印象很深。原因是他写了自己的亲身经历和所感受的脱贫往事,这些故事非常可贵……感情真挚,语言平实,故事生动,让我学到了不少知识,看到了宁夏的脱贫景观,值得肯定,值得推荐,是难得的文字存在。一个业余作者书写当代,书写身边的事很不容易,我们期待王永玮和固原文学工作者能为当代固原的历史变迁与社会进步,书写最精彩的故事。"

我以为,何建明先生的评价很中肯。如果你看完这本集子,相信会产生同感。

作品集由复旦大学中文系教授梁永安先生和宁夏作家协会副主席、著名作家季栋梁作序,序言就让人大饱眼福。梁永安先生说:"这本书稿,我反复看了好几遍,每次都十分感慨:淳朴、深沉、挚爱,永玮同志不但把人生最美好的岁月都献给了为乡民脱贫奋斗,而且还在风尘仆仆中写下了这么多乡间实录,让更多的人看到中国扶贫事业的多彩画面,无论从文学还是历史角度,都有不一般的价值。"

一位名校中文系的教授对作品集如此评价,可见作品集的亮点之多。

从作家视角来说,季栋梁的理解尤为精准,他说:"作者在火热的脱贫攻坚战场和真实的脱贫攻坚故事中寻找素材、激发灵感,用富有感染力的人物故事、生活细节打动人,从不同角度进行多样化开掘,在回望贫困之态、凸显扶贫之难、激发脱贫之志上下功夫,生动诠释了精准扶贫战略的重大意义和艰难过程,真实讲述了脱贫攻坚的固原故事。"确实如此,在阅读过程中,我多次被文章中的细节触动,泪眼婆娑。

作品集开篇就直奔主题,摘录了习近平总书记《在东西部扶贫协作座谈会上的讲话》中的一段文字:"这就像六盘山是当年红军长征要翻越的最后一座高山一样,让全国现有五千多万贫困人口全部脱贫,是我们打赢脱贫攻坚战必须翻越的最后一座高山。只有翻越了这座山,扶贫开发的万里长征才能取得最后胜利。"全文以此为主线,通过《心手相牵拔穷根》《脱胎换骨展新颜》《穿越故乡二十年》3个章节36篇文章撑起了习近平总书记关于扶贫工作的重要论述学思践悟的实践。这是这本集子的第一大特点。集子中收录了《长在田野里的"扶贫车间"》《易地扶贫奔小康》《一个人的苗圃》等文章,生动再现了闽宁协作模式的发酵过程,是闽宁协作模式助推脱贫的实践拓展和文学表述的延伸,这是作品集呈现出的第二大特点。其三,这本沉甸甸的集子是脱贫攻坚过程中人们发扬"三苦精神"的生动诠释。可以肯定地说,这部作品的出版会给奋斗者注入奋进的正能量。

"文章合为时而著,歌诗合为事而作。"在时代气息铺陈西海固文学底色的当下,王永玮同志作为西海固作家中的一员,无疑给我们的创作带了个好头。坚信苦难叙述会淡出我们的作品,期待更多的作家创作出更多无愧于时代的精品力作。

　　杨凤军,固原市文联原主席,《六盘山》文学双月刊原主编。

脱贫攻坚岁月稠

——读《翻越最后一座"高山"》有感

◎王武军

拿到王永玮的非虚构文学集《翻越最后一座"高山"——固原脱贫攻坚纪事》一书，我用了一周的时间认真读完，内心的触动非常大。王永玮长期深入扶贫工作第一线，以切身体验和深沉思考见证了六盘儿女不仅从经济上摆脱贫困，而且在新时代脱贫攻坚中完成了精神洗礼，实现了思想脱贫。2020年是我国打赢脱贫攻坚战的决胜之年，宁夏已基本完成脱贫攻坚。该书的出版，必将成为宁夏脱贫攻坚的重要资料。

阅读这些在脱贫路上写下的文字，从字里行间，我看见了作者在扶贫路上走过的每一个脚印，洒下的每一滴汗水都渲染着西海固鲜活的脱贫画面。这些文字真实地讲述了脱贫攻坚的固原故事，生动诠释了精准扶贫战略的重大意义。作品思想站位高，具有很强的现实性和艺术性。

其一，这是一本真正意义上以习近平新时代中国特色社会主义思想为指导的书。

书名就来自2016年7月20日习近平总书记《在东西部扶贫协作座谈会上的讲话》中的一段话："这就像六盘山是当年红军长征要翻越的最后一座高山一样，让全国现有五千多万贫困人口全部脱贫，是我们打赢脱贫攻坚战必须翻越的最后一座高山。只有翻越了这座山，扶贫开发的万里长征才能取得最后胜利。"围绕这个中心，作者在第一辑"心手相牵拔穷根"遵循"脚下沾有多少泥土，心中就沉淀多少真情"（《习近平扶贫论述摘编》），体现出真扶贫、扶真贫的情怀。在第二辑"脱胎换骨展新颜"围绕"没有比人更高的山，没有比脚更长的路"（《习近平扶贫论述摘编》），讲述在脱贫攻坚的过程中，固原人民攻坚克难，翻越了最后一座"高山"。在第三辑"穿越故乡二十年"引用了《习近平关于"不忘初心、牢记使命"论述摘编》中的一段话："一切向前走，都不能忘记走过的路；走得再远、走到再光辉的未来，也不能忘记走过的过去，不能忘记为什么出发。"体现了全面建成小康社会，一个民族都不能少的人间大爱。从书名，到每一个章节、每一篇文章，字里行间都体现出作者在认识新农村、书写新时代的过程中，具有坚定的政治思想和不忘初心的理想信念。把自己的创作融入固原人民脱贫奔小康的历史进程中，深入生活，扎根人民，自觉践行习近平新时代中国特色社会主义思想，深刻领会习近平总书记关于扶贫工作和文艺工作的重要论述，下笔的方向明确，歌颂的主题鲜明，有一种振奋人心的时代气息。通过这本书，我们可以看到，作者在工作和创作的过程中，真正让习近平新时代中国特色社会主义思想和习近平总书记视察宁夏重要讲话精神走进了心里、落到了实处。

其二，这是一本用心、用情、用爱写成的脱贫攻坚的"史诗"。

《扶贫牛》中，作者当时是阳洼村驻村第一书记，通过类似小说的叙事情节，讲述了帮扶钱玉英家养牛致富的全过程。《栅栏》中的一家人、两道院，通过作者的帮扶最后拆除了栅栏，实现脱贫。还有《易地扶贫奔小康》中打响宁夏生态移民攻坚战第一村的张家洼。《大山里的"牛百万"》《杨岭村的小康梦》《最美梯田成"网红"》《甘沟村的好日子》等文章，用真心、真情、真爱记录了作者在西海固的田间地头、扶贫车间、农家小院，与村民一道挖井打窖、平田整地的日子，在坡度超过四十度的山坡上和群众开展"农田大会战"，用脚步丈量着西海固大山深处贫瘠的土地。一句句真切关怀的话语，一次次驻村入户的帮扶，展现出一幕幕感人至深的画面。在脱贫攻坚一线,帮扶者和被帮扶者就像亲人、朋友一样,同甘苦,共患难,共前进(这里没有退路)。通过这些第一手资料的真实记录,我们可以看出,王永玮是一个有担当、有作为的作家,他在脱贫攻坚中付出了全部的情感,与那片土地,以及土地上的人们建立了深厚情谊。所以,他的笔下脱贫攻坚中的鲜活形象和动人故事,让更多的人看到了宁夏在脱贫攻坚奔小康的进程中多彩的一面、出彩的一面。

其三,这是一本记录新时代农村巨变、乡村文明的"教科书"。

在我们的心目中,文学作品里的一个个乡村,其实就是中国农村的缩影。宁夏作家,或多或少都是通过乡村和农民,直接或间接地从乡村经验中获得了丰厚的滋养。《翻越最后一座"高山"——固原脱贫攻坚纪事》一书,作者就是用碎片化的记忆,把自己亲历、亲见、亲闻的扶贫故事和乡村巨变、乡村文明真实地展现出来,使更多的人通过他的作品去认识新时代的新农村。比如《移民村的春天》一文中,作者记录了原州区圆德村现状,圆德村移民是从炭山乡、河川乡、寨科乡、开城镇、张易镇等不同乡镇搬迁而来的,那一排排小别墅一样的农家小院,一件件手工制品,一栋栋塑料大棚,宽敞明亮的便民服务大厅,展现出新时代新农村的模样。而在乡村文明这方面,由于作者偏爱文学,自然而然地就把西海固农家文化大院、农民作家、风景名胜和文物古迹记录得比较多。比如《团结村的花儿会》《红色小镇再出发》《另一种庄稼》《青山绿水看固原》《唤醒沉睡的"文化宝贝"》《饱含亲情的农村彩礼》等各有特色,从不同角度和层面反映出固原美丽乡村建设取得的巨大成就,成为人们认识固原、认识新时代新农村精神文明建设的"教科书"。同时,通过《菜园的变迁》《告别老屋》《老街有集》等文章,让我们在回忆过去、感叹变化、赞美幸福的过程中,感受渐行渐远的淡淡乡愁。

当然,作者在书写中,有些地方还不够精细,只是写了个大概。比如《一个人的苗圃》,只是写了拉来树苗栽上,后面就没有再写,突然就结束了;《另一种庄稼》的结尾也没有细写。另外,在扶贫领域的纪事中,感觉教育扶贫写得太少了,我只在某一篇文章中看到了公示栏里的"三免一补",其他的就没有了。希望作者在以后的书写中,能够像写文化扶贫一样去写教育扶贫,补上脱贫攻坚中教育扶贫这一课。

2020年是具有里程碑意义的一年,是我们全面建成小康社会的收官之年。站在"两个一百年"奋斗目标的历史交汇点上,我们要以更强的历史使命感和政治责任感,沿着党中央规划的宏伟蓝图,坚持以人民为中心的发展思想,带着初心使命,用新时代文艺作品为脱贫攻坚加油鼓劲,让更多像《翻越最后一座"高山"——固原脱贫攻坚纪事》这样优秀的文学作品来提振我们的精神,为坚决打赢脱贫攻坚战,如期实现脱贫目标,确保宁夏与全国同步全面建成小康社会做出应有的贡献。

王武军,中国诗歌学会会员,宁夏评论家协会理事,宁夏诗歌学会副秘书长,宁夏诗词学会副秘书长。

在《翻越最后一座"高山"》
研讨会上的发言

◎王佐红

《翻越最后一座"高山"——固原脱贫攻坚纪事》很适时地出版了,这是一本很棒的报告文学集,祝贺作者王永玮。现实主义文学要为时代作证,要用心用情,要有责有心,要体现爱与真诚。作者做出了自己的努力。

说来有缘,与永玮的认识是因为扶贫,也因为文学。2020年6月初,我陪同中国作协副主席何建明二次赴西海固采风,为《诗在远方——"闽宁经验"纪事》一书做补充采访,接待我们的人员之一就有永玮,那次我把永玮的名字和人对上了号,文人相见,亲切天然,灵犀有通。三言两语间,已获知他最新出版了报告文学集《翻越最后一座"高山"——固原脱贫攻坚纪事》。记得何建明副主席离开固原的最后时刻,永玮把快递刚刚送到的新书赠予了何主席。何主席两次来宁采风,我们提供给他的与别人赠他的书很多,没想到他对永玮的这本书评价很高,他在《诗在远方——"闽宁经验"纪事》第五章最后写道:"从'美丽生态'到'美丽经济',固原谱写了一曲鼓舞人心的壮丽凯歌。这曲'壮丽的凯歌',被固原作家王永玮写进了他的《翻越最后一座"高山"——固原脱贫攻坚纪事》一书中,并成为西海固'史记'。"

这个评价非常高,《史记》乃国之重文,非一般作品可比,何主席也非江湖人士,不是随便一说,他的《诗在远方——"闽宁经验"纪事》中,这么多的宁夏作家,也是因为写作的需要,只提到石舒清与王永玮两人。

日常忙乱，我最近正好在审读何建明的书稿，同时也在阅读永玮的《翻越最后一座"高山"——固原脱贫攻坚纪事》。说实话我认为都写得非常棒。何建明是宏观视角，是全面把握党的奋斗历程与扶贫工作历史，是从党的性质宗旨的方向出发对中国扶贫战略意义的升华，是从战略高度诠释闽宁协作机制的价值，是对中国特色社会主义制度优越性的彰显与阐释。永玮的扶贫报告文学则是微观视角，是细节与具体，是温度与感情，是责任与担当，是血肉粘连与情感融合，是"我作证""我发言"与"如是我闻"。二者恰好有机地相互补充，相得益彰，使我了解了全面立体而又丰富生动的扶贫工作，既看到了中国扶贫工作的高天，也看了厚地与热土。

永玮的这本新书，我喜欢的至少有三点。

一是可靠的生活。脱贫攻坚是重大现实题材，各路作家各显身手，精彩纷呈。永玮最为宝贵的一点是始终在现场，他生于农村，又是基层干部。别人写扶贫还要体验，还要采访，还要调研，永玮把自己的日常截图拎出来，快进一下就够了。他的笔下有真实的故事、精准的数据、细致的用心、敏锐的观察、深刻的思考、独到的领悟。可以说永玮这样的作者的写作才是真正的"扶贫写作"。第一现场、第一时间、第一手资料、直接的责任情怀、切己的工作考量、父老乡亲的生活生计，这些非常珍贵的优势，非直接亲历者不可为，其书写要比外在的写作者更到位，更深刻一些，更真实、鲜活生动一些，更实际、原汁原味一些。那篇《辣椒红了》写道："张兰花刚从工地上回来，左手拿着一个白面馒头，右手拿着一个西红柿，乏塌塌地靠在房门上，好像在吃又好像在睡觉。"不细心观察，不联系张兰花的苦累生活，不是看过许多个这样的劳动妇女，不与描写对象的身心疲惫共鸣，是写不了这么真实而生动的。冯骥才先生曾谈过："作家的生活都是不经意积累下来的，而非寻找得来的。因此体验生活要日常，临时抱佛脚式的体验生活难有真知。"而永玮这样的作者不只是在体验，而是在工作、在生活，是本真，是日常，从此出发的写作意义和价值不言自明。我想，一大批专业作家在面对这个题材，面对王永玮这样的写作者的时候，是要有敬畏的，他就是最好的"扶贫作家"之一。

二是恰当地参与扶贫工作的方式。我曾经跟一作家朋友开玩笑说过，社会的发展进步跨越包括扶贫工作的巨大推动，主要靠的是更有欲望更有魄力的人，历史也可以说是被欲望更大的人推动的，而我们作家，往往是欲求较小的人，有些还无欲无求，胆量也小，肩膀也窄。仅就扶贫来说，我们做的要比许多官员、干部、企业家要少得多。所以我不认同作家说过多的尖酸刻薄的话，我们也间接地分享了社会发展成果，获取了各种红利。干不好大的，干不了别的，我们忠实记录，凝聚力量，鼓劲加油，理性阐释，客观讲述总是会的吧，这也是我们作家参与推动社会进步与脱贫攻坚的恰当而重要的方式之一。我观察永玮文气很重，是"作家性"大于"干部性"的。当干部为啥还要写作？我理解本质上还是因为他在找寻自我的价值，他找到的是文学写作的方式，这比他升官、出名、发财更重要一些，更可能一些，所以他自觉或不自觉地选择了它。或者他也升过官、出了名、发了财，但相较其他更精更能于此者，他还是觉得从写作上可以找到不同的价值、出彩的存在。对于他，其他的选择肯定是没写作更可能、更有用、更自觉。永玮虽以干部身份长期从事扶贫工作，但"文性""文心"使然，特别关注文化甚至是文学的因素。《另一种庄稼》等作品集中写西海固文学优势的文章，也收录于本书中，足见其内心天平的倾斜。所以他是干部里面最适合写扶贫者之一，也是作家里面最适合写扶贫者之一。能出版这本《翻越最后一座"高山"——固原脱贫攻坚纪事》就是最好的明证。

三是对脱贫攻坚精准的文学表达。扶贫工作有个精准扶贫的问题，文学对之的表现也应有。那么多写西海固扶贫的作品，能言精准者几何？外来的作家看到的往往是概念化的西海固，甚至是妖魔化的，比如说炕头前面掏一排小坑吃饭这样的事，外来的不知情者还以为脱贫前有些西海固老百姓就是这样的。但实际上，我离开原州区家乡多少年后，今天才回头知道曾有过这事儿，那是半个世纪以上快一个世纪的事了吧。所以外来者通过一星半点或只言片语了解西海固脱贫，当地宣传为了突出新旧对比的效果，也会这样展示，但容易被别人模糊了时间背景，从而产生片面或魔幻的认识。本地普通干部和老百姓对此是很有感受的，但表达不好，不够生动，也就是"修辞"这种我们作家专擅的效果出不来，除过"共产党好，黄河水甜""好着呢，好得很"也表达不出来什么新鲜、深刻与精彩的东西。当然有些老百姓的话语也很精彩，但那需要作家的采撷与提炼。离开后重回西海固观察的作家容易表达一种亲切意义上的忧伤、欣慰与自得，是"隔"与"离"，是"浅表安放"与"诗意升腾"，这些里面会有好的作品，但要看作家的"脚力"与"功力"。只有王永玮这样既贴着基层实际又有文学情怀与能力的人，才能进入扶贫工作的"质"与"实"，才能够讲好西海固的扶贫故事，才会让我们读到生动鲜活的，有体温，有汗味儿，有汗毛甚至汗孔的脱贫攻坚故事。《翻越最后一座"高山"——固原脱贫攻坚纪事》这样的风采独特天然。作者在后记里写道，自己从事了林业和水利工作、乡镇工作、包村工作，后来到宣传部陪同各级媒体记者走遍了固原的山山水水、塬梁沟峁。"行走即读书"（张贤亮），这样的有"里程数"的作家写出的作品是让人放心的，对关注扶贫的读者而言是解渴的、过瘾的。这也是我的阅读感受之一，这本书我迫不及待地往下读，因为里面有我关心的老家的那些人与事相对准确、生动而传神的样态。

概之，这是一本为时代作证、为历史留凭、为人民代言的作品，标题偏大、内容较小较低与引言不称等的不足，不会掩盖它是宁夏特别是西海固少有的报告文学力作的事实，值得我们赞许。习近平总书记指出："脱贫摘帽不是终点，而是新生活、新奋斗的起点。"今日西海固大地上确实发生了翻天覆地的向新向好的变化，永玮同志别忘初心，继续前进。

王佐红，中国文艺评论家协会会员，宁夏文艺评论家协会理事，现供职于黄河出版传媒集团。

在西海固大地上亲历脱贫攻坚战

——《翻越最后一座"高山"》创作谈

◎王永玮

这部作品能受到各位老师的倾心关注,也体现了宁夏文联、宁夏作协、宁夏评协对基层作者的关心关爱。

《翻越最后一座"高山"——固原脱贫攻坚纪事》是我历时两年半创作的一部报告文学集,刚开始写了30多万字,最后几易其稿,成为现在的14万字。这两组数据是我用心用情用功最直观的见证,这里面有我特殊的体会。

首先,这部作品我思考的时间比写作的时间更多。写作我用了一年多,另外一年的时间我看了扶贫方面的各类资料,主要是习近平总书记关于扶贫工作的重要论述。为什么要看这些书?因为这是重大现实题材,政治站位一定要高,历史现实要准,政策兑现要实。固原的扶贫历程就是落实国家政策的过程,所以消化这些东西,写作就有了方向,所有的素材就有了灵魂。通过这些准备工作,我从理论上、宏观上、现实中对国家的扶贫战略、扶贫历程、扶贫历史、扶贫举措有了更深刻的认识。

其次,我重新梳理了我的扶贫经历。从某种意义上说,这部作品是我的扶贫自传。当我再次翻阅这些走在脱贫路上写下的书稿时,重温这些文字的来历,我看见自己一路走过的脚印,每一个脚印都连着一幅鲜活的生活画面。那一年,我从学校毕业,被分配在一个偏远落后山区的乡政府,从此与父老乡亲融为一体,共同奋进在脱贫路上。从当时县域经济发展现状来看,这里处于深度贫困的固原东部干旱山区,是西海固版图上一个颇具代表性的点,这里才是感知生活海洋广阔和深邃的精神高地。因此,在乡镇多年,我对农村贫困的体验是深刻的、具体的、真实的。随后由于工作调动,我从事了林业和水利工作,这有利于我从行业角度了解西海固在生态建设、水土保持、人畜饮水、种养产业等方面的现状,从而探究造成当地贫困的真正原因,同时从国家政策层面学习认识扶贫的战略意义,以及如何从宏观上推动地方脱贫。多年之后,我以宣传干事和扶贫队员的双重身份再次回到熟悉的村庄,先后结对帮扶两个县(区)的两个贫困村,陪同各级媒体记者走遍了固原的山山水水、塬梁沟峁。我的视野得到了进一步拓展,我更全面地了解了固原在国家扶贫政策推动下,农民脱贫致富取得的历史性成就,看到了城乡面貌的巨大变化,群众生产生活的彻底改善,农民精神世界的充实丰赡,以及国家对"特殊群体"兜底的优越保障,这些都最能体现一个地方真正脱贫的成效。我深感震撼!我的内心是不平静的,被伟大时代奋斗者的激情创造鼓舞着、感动着,我脑海中永远也抹不去那些村庄、那些故事、那些场景、那些人物……

当年和我一起打窖的、一起种树的、一起养牛的、一起平田整地的农民兄弟,他们现在生活得怎么样?我带着这样的疑问再次走进了他们的生活,结果可想而知,变化令我震惊和感慨。作为常年驻村进户的扶贫工作人员,我开始从一点一滴中体验扶贫的艰难过程。当你以一个政策制定者的心态和贫困者的身份去体验扶贫工作,你的理解就会与众不同,你笔下的故事就会有所选择,你倾注的真情也会深浅不一。至此我开始在30万字中寻找最有代表性的故事,竭力避免描述同一个对象时有所雷同。其实当我讲述代表性的故事时,如何选择这是最难的,这需要一个标准,而标准从哪里来,这就是我说的学习政策、亲身经历的必要性,那里面就有标准。政策理解越透彻,亲身经历越多,标准把握得越好,站位自然与众不同,故事素材的筛选就越扎实,这是需要下功夫的。

再说用情,这些朝夕相处的农民,是我的父老乡亲,我从来就没有离开过他们,我给他们找过工作,送过种子,我做过畜牧防疫,做过控辍保学动员,我只不过是一个读过更多书的农民而已。因此,我们的心是相通的,他们想的也是我想的,他们做的也是我做的,真正的扶贫工作如此而已。我以此身份讲述扶贫故事,那是真实的、鲜活的、具体的、深刻的、可靠的。

总之,学习、思考、亲历、讲述,就是这本书的出身、姓名、性别和性格。

王永玮,现供职于宁夏社会科学院。

文学·评论

草原情结的对立叙述及其深层意蕴

——解读李万成的草原背景小说

◎孙纪文

一

　　宁夏作家李万成以宁夏乡土之地儿女悲欢离合的故事为背景创作过令人感怀的小说,如发表在《安徽文学》(2006 年第 2 期)的《你还能走到哪》,即是一篇关注乡土儿女生存状态的"西部乡土小说"。它诉说的是现代文明语境下一位女性知识青年所遭遇的生存困惑,并从城市、乡村两个不同的视角来观察社会变迁所引发的心理冲突,从而折射出许多无奈之情,令读者考量人生的焦虑问题。这篇小说颇有些反思的意味。然而,我最关注的却是李万成以额济纳蒙古族儿女生活状貌为题材源泉所创作的草原背景小说。这不奇怪,因为作家曾长期生活在令人无限向往和充满激情的额济纳。于是,他的笔下便描绘出一幅幅色调厚重的草原风情画。

　　就我的视界而言,截至目前,李万成在刊物上已发表草原背景小说六篇:两个中篇,四个短篇。两个中篇是《大漠骗匠》(《清明》2002 年第 5 期)、《马嘶秋风》(《回族文学》2003 年第 3 期)。四个短篇是《最后的猎手》(《回族文学》2001 年第 6 期)、《灯影下有狼》(《黄河文学》2002 年第 4 期)、《跑来跑去纳林河》(《江南》2002 年第 5 期)、《草地上的人们》(《民族文学》2009 年第

8 期）。其中,《大漠骗匠》被《中篇小说选刊》2003 年第 1 期转载,《最后的猎手》被《小说月报》2002 年第 2 期转载,可见其创作成果曾引起文坛的注目。

李万成熟知草原生活。具体来说,是在额济纳的教书生涯使他渐渐对蒙古族男女的奔放性格和自由生活产生了种种依恋的倾向性自主意识,这种意识沉淀为一种家园回归和生命意识相混合般的强烈的心理情感,可称作"草原情结"。如今魂牵梦萦的依然是马背民族的豪迈勇敢,依然是草原儿女的悲欢离合,依然是纳林河畔的低吟悲歌。每逢想起这些,作者会情不自禁地说:"多年来,我一次次撰文礼赞,礼赞那豪迈的马背上的民族。我的心留在了草原上。"每逢忆起牧民,他更会充满感激地说:"在那幽深无边的原始梧桐林子上空,清亮亮地流淌过水一样悠远的牧歌,像一段哀婉的倾诉……这,就是那土地上的人,我写下他们,安慰我的心。"草原上的汉子们那充沛的阳刚之气和女人们那母性般的温柔大方,久久地停留在作者的潜意识中,浓缩为取之不尽的情感源泉。

然而,李万成的草原背景小说,绝非表象地将草原情结化为单纯的歌颂文字或传声筒文字,而是穿越草原生活的荒凉与孤寂、平庸与神奇,直指草原儿女的内心世界和本能世界,来挖掘和表现个体的生存价值和本能价值。于是,他的小说就有了一种力度,一种宣扬蒙古族儿女大喜大悲情感下的生存力度。由于作者力图表现这样的生命张力和生存力度,使小说自然附着了一股粗犷的气息;又由于小说所塑造的最成功的硬汉常常在异乎寻常的境遇中遭到毁灭或伤害,也使文本平添了一种悲壮的气势,从而,粗犷的气息和悲壮的气势构成这六篇小说的总体风貌,奠定了他的作品的感情基调。所以,他的草原背景小说可谓彰显一定阳刚精神的小说。

悲壮之气也罢,阳刚精神也罢,关键得益于作家的叙述功夫。从学理上讲,叙述就是通过语言组织起人物的行动和事件,从而构成文本的艺术世界。因此,叙述必然是一种写作的行动要素。它既是动态的,也是静态的;既是自我的叙述,也是他者的叙述。所以,叙述体现着作者对世界的认识程度和对自我的认知程度,高明的作者多擅长在峰回路转的叙述中完成自己的艺术创作,构造种种的物化形态。就李万成的这六篇小说而言,我认为,其叙述的最大特征是在对立叙述中完成对草原情结的宣泄。

二

所谓对立叙述,是指在创作中所采用的一种写作行为方式,其内涵不仅仅指表象化叙述故事所采用的结构对立式的手法,更是对深层文化意义上所形成的性格人物与其所遭遇的不可避免的对象之间冲突叙述的行为。这种叙述行为没有停留在性格人物与其对象之间的对立面的刻画和抒写上,却倾向复合层面的刻画和抒写,着力强化性格冲突与文化冲突的偶然性和必然性,并在偶然性与必然性的对立碰撞中完成叙事过程,最终常常以主人公的被损害或被毁灭而告终。因此,对立叙述才是形成粗犷气息和悲壮气势的真正幕后操纵者。

具体分析,复合层面的对立叙述至少有三个层面。

其一,是性格人物与矛盾对应物的对立所构成的叙述。

在此,矛盾对应物是泛指。它或指作品中的狼,或指作品中的公牛,或指古老的习俗,或指突然泛滥的洪水,或指谜一样难解的命运,等等,总之是性格人物难以摆脱且直面遭遇的强有力的对立者。它不是人,却有毁灭人的力量;它不是造物主,却有造物主般的神奇。尤其是作品中一再出现狼的身影,与其说狼是物象,不如说狼是作者笔下的特殊意象,它是实在的狼,更是虚幻的狼,它简直就是富有灵性、富有思维的狼。从而这狼天然地与性格人物成为不即不离的对应物,二者之间的争斗是带有神奇意义的:当狼被人所消灭时,一方面突出狼的凶残,另一方面亦突出人的伟大与刚强,文本自然充满一股豪情与壮志;当人被狼所损害时,一方面显露对应物的强大,另一方面更映现人性的丧失与人身的被戕害,文本自然充满悲壮与无奈的感喟之情。狼的存在,是构成草原情结必不可少的逆向心理对应物。就作品而言,《马嘶秋风》主要围绕布赫与白狼之间的搏斗来塑造人物和抒写心绪。为了战胜神奇的白狼,布赫毅然远离亲人与家园,去寻找白狼的踪迹。然而,最终归来的只有布赫的黑骏马。这结局无疑是具有象征意味的:无论布赫生还是死,都成就了人生悲壮的一幕。作品重点思考的是对人生命运的关切和对人本体能力的玄想。如果说《马嘶秋风》的白狼是颇具魔力的对立物的话,那么,《灯影下有狼》中的母狼陶娅,则是作者有意塑造的象征意味浓厚的狼意象。它既与乌力吉构成对立叙述的两者:母狼尾随热恋中一对蒙古族青年,寻机进攻;乌力吉为保护不知情的索米娅必须与索食心切的母狼暗暗搏斗,于是,人与狼之间的冲突开始了,文本的张力也随之而增。它又成为这对青年内心互不相知的见证者,于是,这母狼的对象化力量通过变形的手法表现出来,愈发显示对应物的狡猾。作品进行了双重思考:狼是不折不扣的性格人物的对立者,又是人的人性矛盾的看客。最有咀嚼韵味的对立叙述莫过于《大漠骗匠》中人与狼的搏斗了。德班与狼的殊死之战,活脱脱张扬了这条草原硬汉的粗犷、彪悍,字里行间流露出一股马背男儿英勇刚烈的豪气。"他像一尊战神,左抵右挡,毫不怯阵",他射杀、砍死了许多凶残的野狼——他胜利了。然而,在这场突如其来的战争中,德班却丧失了男人应具的雄风:他因惊吓做不了男人了!也就是说,在你死我活的搏斗中,德班的雄性气概被阉割了。他实际上成了最大的失败者。此后一系列的悲剧都是从此时开始的。作品中的性格人物一下子由胜利的雄壮跌入失败的悲凉,豪气十足的大漠骗匠随即变成让寻常人难以知晓的被阉割者。这种反差性强烈的对立叙述真切地触摸了特定背景中特定人物的心灵,使作品的艺术气息徜徉于既非单纯的崇高,也非单纯的悲壮之中,而是弥漫于一种混合的艺术表现力之中,从而完成了发自内心对草原人的关怀和对人性的叩问。

这样的对立叙述除了突出表现人与狼的冲突之外,还表现人与公牛的冲突。如《草地上的人们》中着力描写蒙古力士老窝尔罕与强健凶猛的领群公牛库班之间的生死搏斗。老窝尔罕喝了烧酒,仗着自己的好功夫以一己之力对付库班,没想到见血发疯的公牛库班令老窝尔罕颜面扫地。费尽了气力,经过惊心动魄的酣战,老窝尔罕终于用步枪射杀了坦克一样顶塌了他家蒙古包的公牛库班。此刻,老窝尔罕是英雄,而倒下的公牛库班也是彪悍的象征。两强相争中的力量和搏斗真是惊心动魄。同样,这种对立叙述还明显表现于人与古老习俗的冲突上。《跑来跑去纳林河》之所以是一篇悲歌,关键在于乌兰的被损害。当然,这种被损害是有条件约束的,我们不必过于追究个中的原委。然而在作者细笔描述的新生代草原儿女与古老习俗的对抗中,我们分明看到一幕无法避免的悲剧:两代人之间不可调和的价值取向的差异。作者或许通过这种对立叙述来表达这样的牵挂——但愿乌兰的悲剧不是永久的文化悲剧。

其二,是文本人物之间的对立所构成的叙述。

人与人之间内心的对立。这种对立不是剑拔弩张式的对立,而是心理的对立、思想的对立。它来自于个体无法言说的心灵之魂。哪怕是夫妻、情人之间也存在这样的对立。《马嘶秋风》中的布赫与"我"(妻子)之间,《灯影下有狼》中的乌力吉与索米娅之间,都有这种对立的印记。作品力求于无言的行动和执着的想念错位之中探析人物的心灵世界,于不寻常的行为和结局中表现这些人对生活的理解程度和追求程度,并借助草原生活的特殊环境来揭示那里的儿女独有的硬朗性格和热烈之情,突出个体性格的自在性价值。然而,在诉说对立双方无法逾越的孤独之时,也暗暗蕴含了作者对这种对立情状无奈的叹息与思考。这是文本立意较独特的一个方面。

人与人之间需要的对立。需要或来自于对人性的需要,或来自于对人格的需要,或来自于对情感的需要。然而,当各种需要不能被满足时,越发强化了对立的程度与强度,使矛盾双方的本来面目越发真实。《大漠骗匠》中"我"(巴特尔)对德班的反常行为是误解的,对娜仁图雅的真正情感寄托是误解的,对德班夫妻之间的关系也是误解的。这一切愈发构成"我"与德班之间、"我"与娜仁图雅之间真正需要的对立。这种对立是无声的,它聚集在人的血液里,颇有深层的文化心理因素。"我"与德班之间虽然没有直接的对立行为与言语冲突,但是,就作者的叙述内容而言,两人在本质需要上是对立的,物化式地表现在骗技上的对立和拥有爱情的对立。这样,德班就成为"我"心目中既无限尊崇,又无限嫉妒的对象;就成为潜意识中最想剔除的对象。"我"与娜仁图雅之间的对立源自爱情的对立和施爱的对立。这种对立越强烈,越表现出男性为维护尊严而付出的痛苦之情,越表现出女性为宽容而付出的养育之情,吐露了特有的文化所蕴含的力量和伟大。所以,他们之间需要的对立,与其说是一种情感的对立,不如说是一种生命层面的对立。而《最后的猎手》中"我"(巴特尔)与真正的猎手之间(如才另里玛、巴图)需要的对立,绝非简单的本能需要的对立,而是人格需要的对立。而且在最后遭遇的剧烈反差中,铸造了猎手的辉煌与平庸,使文本自然流淌出一种凄怆与苍凉的旨趣。文本的叙述就在这凄怆与苍凉中展开了。

其三,是主要人物自我的对立所构成的叙述。

这种叙述方式是最值得品味和最具有力度的行为。人的伟大与渺小,常常是由自我力量的施展与扼杀所决定的。一般情况下,高明的作家最善于描述艺术个体分解成的两个自我的意识变化,以剖析灵魂深处的思想、情感和意志,传达人的尊严与失落,表现人的崇高与卑劣。而两个自我常常是不相一致、矛盾斗争的精神实体。两者必须争斗,必须在一方战胜或战败的情形中完成对一个性格人物的塑造。李万成笔下最成功的小说人物同样具有自我对立的属性。《最后的猎手》中所着力描写的猎手巴特尔,其勇敢与犹豫、强大与脆弱,主要通过自我心灵的对立解剖完成的。因而这篇小说毋宁说是一篇心灵独白小说。巴特尔是强大的,他可以打死凶残的恶狼,可以征服美丽的姑娘,可以驰骋于大漠之中而勇往直前,可是他又是渺小的,他战胜不了另一个脆弱的自我,一个因酗酒和迷恋女人而犯下小错,以至于无法摆脱命运的惩罚而变得脆弱的自我。最终他被一截天然的树杈插进左肋而毁灭。小说的结局是悲壮的。《大漠骗匠》中的巴特尔也在自我对立的叙述中走出悲壮的阴霾,奔向崇高。受伤的他,自认为雄性像德班一样被阉割了,于是他时时处于失望与希望的转换状态中,时时处于豪迈与自卑的旋涡中,而当他不敢面对漂亮的娜仁图雅时,他越发走向崩溃的边缘,他将要被失望的自我打败了。但结局是美好的,他被宽容而多智的娜仁图雅拯救了,他恢复了雄性的伟岸与刚强。因而另一个强大的自我也重新找到位置。小说就在这充满胜利的欢快中完成叙述,多多少少戴上崇高美好的帽子而富有理想化的色彩。尽管如此,我也不得不认同这种对立叙述所带来的表现效果。简言之,自我的对立叙述使故事本身具有一种表现力,将一个人物的两极摆开,让他自己来说明他是什么本性。

综合起来说,这三种叙述行为都是为草原情结的抒发而选定的有效途径,彼此之间是可以兼容的。也就是说,这三个层面的叙述行为可以同时并存于一篇小说里。《大漠骗匠》就集三种叙述行为于一身。德班与狼、德班与"我"、德班与娜仁图雅、德班与自我都有故事可叙述,都有深深的草原情结可探寻。所以,这复合层面越厚实,文本发出的声音越真切,而且,粗犷和悲壮的气息也越浓烈,作品的艺术感染力也越醇厚。其旨归是表现草原地带独特的地域文化风貌,揭示坦荡而粗放的风俗民情,彰显蒙古族儿女自然磊落的情怀,蕴含着作者对这方土地深沉的眷念之情。所以,从这个角度分析,文本的叙述行为不仅仅是一种写作的行动要素,更是作者选定的一种情感的宣泄方式。

三

需要指明的是,这些层面的对立叙述,或许是作者有意为之,或许是作者无意为之,"有意"与"无意"是为草原情结的对立叙述服务的,只要这种叙述能充分展现草原儿女的生存状态和精神诉求,就可视为一种有效的话语组合。因为,"叙事的兴趣不在于静止的人或物,而在于动态的事件,即人的行为及其造成的后果,它的认识价值就在于显示了社会生活的发展变化过程及其意义。"(童庆炳《文学理论教程(第五版)》,第 256 页)

对立叙述暗含了美学、文学上的深层意蕴。故事自身也是美感愉悦的重要源泉。美学层面的深层意蕴着重体现在对悲剧美和崇高美的定格上。因为无论是悲剧美,还是崇高美,都源自对象化过程中的对立与冲突。文学层面的深层意蕴,我主要强调两个方面。一是气力的充沛。中国古代文论中很早就提出"文以气为主"的主张。这个"气"当然不单单是指文本的阳刚之气,也指文本的阴柔之气。"气"的灵活与飞动,"气"的顺畅与适宜,关键看文本所着意表现的主题和选择的下笔口吻。而作者所向往的文本之气概是以"刚强"为坐标的,从他所采用的叙述话语中,我们已经察觉出这种偏好。恰巧,对立叙述满足了这个偏好。所以,他的小说颇萦绕着一股难以抑制的力量。至于这种追求是否合适,是否带来创作的灵感,还需时间以及作者今后的作品来检验。二是浓郁的"草原味"。小说的对立叙述将草原儿女特有的豪放情怀和游牧民族的心灵感喟呈现出来,揭示了草原文化所拥有的人格力量,从而构成几幅生命之舞的草原风俗画。简言之,这些美学、文学上的深层意蕴是作品耐人寻味的关键,也是与现当代诸多草原小说的艺术风格相比较的重要标尺。

当然,对立叙述最直接的实用价值是可以用来检验这六篇小说的相对优劣。我以为,对立叙述运用越自如,越具有立体效果,小说的艺术氛围也越处于强势的地位。以此为尺度,短篇小说《最后的猎手》、中篇小说《大漠骗匠》无疑是其中的佳作。而《草地上的人们》等相对而言缺少了一点对立叙述下的深层意蕴,故悲剧美感也自然弱于《最后的猎手》和《大漠骗匠》所蕴含的美感特质,尽管这个短篇不乏叙事的畅达和老到的笔墨。

当下我所关心的问题是,这种草原情结的对立叙述艺术对于李万成来说能持续多久呢？他能否开辟出新的叙述境界？即使走出了坚定的一步，他又能走多远？这些问题的解决就要看他的悟性和才力了。

孙纪文，西南民族大学图书馆馆长，西南民族大学中国语言文学学院教授、博士生导师。

石舒清的文学境界

——长篇小说《地动》读后感

◎杨玉梅

一

2020 年 9 月有幸参加"宁夏文学周"活动，感动于宁夏的文学氛围。还想就此写点感想，可是后来发现自己对宁夏知之甚少，所以一直不敢动笔。也曾答应王晓静老师写一篇稿子，却迟迟找不到一个切入点。但是，心里一直都记挂着。宁夏的作家朋友时常在我的脑海里浮现。

记得"宁夏文学周"采访团的车子驶入同心县时，在一个十字路口，窗外有一块标牌"同心欢迎您"映入眼帘，我突然潸然泪下，因为猛然地想到了从同心清水河畔启程走向了全国的李进祥，眼前顿然浮现出他的笑脸。如果他还健在，他或许跟我们同在车上，或者在同心等候我们，带大家一起去看看清水河。可惜没有"如果"了。我们只能通过他的文学作品感受他的气息，从他的文字里感受他的心跳。

宁夏的少数民族作家中，特别喜欢石舒清和李进祥的小说，喜欢他们小说的自然、真诚和亲切，以及人物与故事中蕴含的人生况味。阅读时一些感人肺腑的细节或情节，多年后大多淡忘了，而一些独特的人物却依然镌刻在脑海中。

这或许正是"文学是人学"的一种证明。因而,小说家需要特别用心地塑造人物,讲好人的故事。这个"人",不必是大人物,也不必具有传奇的经历,可以是普通的小人物。因为,小人物其实也是时代的产物,小人物的心也跟着时代的脉搏一起跳动,他们是社会的一个缩影,可以折射出社会和时代的风云变幻。

最近,我读到了一些小人物的故事。这就是石舒清于2020年12月出版的长篇小说《地动》。阅读的过程感觉既辛酸又敬佩。辛酸的是一百年前的海原大地震造成的大灾难:美丽的村庄被吞噬,众多生命被摧毁,江山破败,家破人亡,令人扼腕叹息。敬佩的是作者的文学才华,他对地震发生时山摇地动、大地翻滚犹如恶魔吞噬村庄的恐怖场面进行了生动描摹,对苦难里各色人生的体验、各种人物遭遇厄运的所见所闻所感描绘得真切、生动而形象。场景是如此逼真,甚至恍若一幅幅立体画,令人身临其境。一连数日,我都是日间阅读,夜里噩梦连连。于是想到作者在创作的过程需要精心的描绘和构思,需要全身心地投入,用五官体验,用大脑想象,用心感受,用文字描绘种种生命形态。他对于苦难人生的复杂体验描述,可谓淋漓尽致,那他该做过多少噩梦,该拥有多大的心理承受能力。

如果只是为了个人的喜好而写作,大概没有人愿意去受这个苦。但是,作为从海原走向全国的著名作家,我想石舒清是有着为家乡立传的责任的。为了不能忘却的纪念,为了这块土地上曾经生活与奋斗过的人们,也为了启迪和教育后来者,他把自己放回苦难的深渊,细致入微地体察各色人物的悲惨命运,真实地再现这段惨痛的历史。

作者在小说的后记中说这是他向自己的家乡表情达意的机会:"老实说,写作这么多年,没有一次发表我会如此看重和珍惜。"之所以如此珍重,料想除了与作为海原人完成一个使命、书写家乡如此沉重的题材有关,也跟创作之难和体验之苦相关。

艾特玛托夫有一个观点,作家的事业,跟其他许多行业不同,存在着相反的联系:越往前走,路越难走。

从事文学创作多年,石舒清先生是否产生过这种"越往前走,路越难走"的感觉? 或许多少会有一点,或许因为他不断地阅读和思考,因而创作中碰到过的一些难题也可以迎刃而解。

按理说海原地震这个历史题材和灾难叙事并不好写,是相当有难度的,但是我在阅读中发现这部小说写得很快,从每一篇作品后面标注的时间来看,篇与篇之间相隔时间很短,甚至有同一日或隔日完成的情况,说明作者创作的过程相当顺畅。这让我感到不可思议。后来了解到整部小说的完成用时不到两个月,13 万多字,而且每篇作品叙述高度精练、语言准确凝练。如此神速,作者是如何做到的呢? 窃以为原因大概有二:一是作家的生活根底深,观察能力强,想象力丰富,对故乡的人事了解透彻,简而言之就是个人的生活积累深厚,文学素养高;二是关于地震的小故事作家有了一定积累,他在动笔之前已经有过非常多的思考和想象,一旦动笔,那些湮没在历史尘埃中的人物便在他的想象中复活,蜂拥而来,急不可待。于是,有了这部令人感动、使人敬佩的力作。

二

海原大地震,涉及灾民逾 900 万,死难者 28.82 万,震中海原县死难者占全县总人口的 59%。对这场大难的记录,无疑是一部悲壮的史诗。然而,《地动》没有采用一般长篇小说的宏伟结构和悠长的时间跨度,不是讲述几代海原人的命运发展,也无纷繁复杂的故事情节,而是由 46 个彼此独立的小故事构成。小说共分为三章:第一章《本地的事》由 30 个小故事构成,主要叙述灾难的降临及灾难中各色人物的命运遭际;第二章《远处的事》讲述地震时远方感受到地震的 6 个小故事;第三章《后来的事》讲述的是灾区震后的 10 个故事。每个故事都是一种人生命运的观照,写人心、写人情、写人性,众多人的故事彼此独立却有一定联系,构成了一个广阔的社会生活横断面。这样的形式颇具创新性,是匠心独运的结果,或许也是最好的反映海原地震的方式。

悲剧是把人生有价值的东西毁灭给人看。《地动》正是一部悲剧,它向我们展示了许多被毁灭掉的有价值的东西。

比如善良、坚韧与顽强。

小说开头引用了一句话:"在那日,大地将报告它的消息。行一个小蚂蚁重的善事者,将见其善报;做一个小蚂蚁重的恶事者,将见其恶报。"《地动》的多个篇章都阐释了这个充满哲理的话语,呈现的正是善恶之果。

《马海荣》里马海荣一家 16 口人,地震后就剩下马海荣爷父俩。马海荣父子俩娶了本家子马怀章遗孀母女俩,这是地震引起的稀罕事,也是生存的无奈,更是生命的抗争。马海荣当鞋匠、铁匠,做水壶,卷炉筒子,年届 90 岁依然在做他的生意养家糊口。作者惜墨如金,并不讲述马海荣生存的困境与艰难求索,而只是描述他那双饱经风霜的大手:"马海荣的手是我见过的最大的手""像是一对用得太久了的铁锨头""如果说到故乡的底色,他就是了",这个底色诠释的是生命的坚韧与顽强。

《太阳黑子》里杨老师爷爷的表弟被埋在牛圈下,兄弟俩一个从外往里刨,一个从里往外刨,里外合力,表弟终于得救了。兄弟俩"十个手指头都刨得血丝糊拉的,指甲都刨得没有了",如果没有顽强的意志,稍有气馁放弃了努力,表弟也就不可能死里逃生了。

《舍木》里有两个舍木,一个诚实善良,一个捣蛋作恶,结果地震之时须臾之间,捣蛋的舍木在跨过门槛时被窑门上的窑脸砸死,紧跟其后的舍木却被公羊撞倒在地而避过一劫。虽是碰巧,却让人坚信这是善的回报,是恶的报应。还有《关门山》中的光棍汉和乞丐在养羊大户冯兴堂家的废墟上挖出了冯兴堂,救人求报偿无可厚非,但是光棍汉太过贪婪,结果被关进地窖,也是罪有应得。《乞丐》中的两个乞丐也是善恶与真假的对比,小故事诠释的也是真善美的大道理。

还有亲情和爱情。

如《麦彦》中的王大车，一家10口人，只剩下了3口，婆姨也没有了。他在路边救了一个快要冻死饿死的年轻人胖娃。胖娃认王大车为干大。小媳妇麦彦带着娃去找娘家，不料路上走不动了，饿得晕了过去。胖娃又救了麦彦娘俩。王大车和胖娃都有一颗善心，相依为命，如同父子。然而，他们都看上了麦彦。王大车虽然想娶麦彦，但还是尊重两个年轻人，成全了他们。小说故事简单，却涵盖了三个家庭的分崩离析。王大车的让步，是慈悲也是无奈。胖娃和麦彦的结合，是喜，更是悲。每个生命都背负着伤痛负重前行。

《讨火》中9岁的丑女子，花了一天时间从土中刨出受伤的母亲。天寒地冻中，她又去讨火种取暖，不料半路上跌入一个土坑，火苗子掉出火盆灭了。丑女子再去讨火，返回时天黑了，可怜的孩子成为狼的食物。小说以姑太太讲故事的方式讲述丑女子的事迹，孤独无助的孩儿用生命谱写了一首美的悲歌、爱的赞歌。

《懒狗老爷》里的懒狗深得主人虎虎的疼爱。狗儿虽懒却是懂得感恩之灵物，地震之时懒狗咬住虎虎的裤脚不让他进屋，让虎虎躲过了劫难。不料，夜里有饿狼出现，懒狗跟恶狼搏斗，被狼咬断了脖子，为保护主人而失去了生命。幸存的虎虎把懒狗的皮剥了，肉埋了，皮子留着用来取暖。狗儿的忠诚令人动容，它以卑微的生命诠释爱之大，令人肃然起敬。

《芦子沟》里的寡妇为了给儿子治病疯狂地寻找麻雀，搜集麻雀。地震前麻雀飞不动了，孩子们口袋里塞满麻雀往寡妇家跑。寡妇感到一种神秘的喜悦与宽慰，以为上天造化把好事情送到嘴边了，"哪里知道原来是一场大地震要来个天塌地朽"。寡妇无边无际的爱和希望都被地震给埋没了。

《昝学武》和《废窑》里讲述的两对新婚夫妇，相亲相爱，却都被地震掩埋了。特别是《废窑》里的徐生元夫妇原本活着，新媳妇还有了喜，他们用墙纸充饥，充满求生的欲望，但是没有人来救他们。昝学武夫妇被压粘成一片无法拆开的躯体和徐生元夫妇合抱在一起的枯骨,是两个令人惊心动魄的文学意象,虽然无言无语却传递出沉痛的叹息。

再如人生的无常与生活的秘密。

《地动》中的每个故事几乎都隐含着生命宝贵而人生无常的命题。如《郭凤菊》里的女主人公郭凤菊聪明能干却命运多舛,成为寡妇后被瓷器厂的秦老板抢了去当媳妇,生了一个儿子,实现了秦老板的夙愿,深得老板喜爱,厂子也在郭凤菊的张罗下更为兴盛起来,然而,秦老板意外身亡。3个月后又发生了地动,瓷厂粉碎了。郭凤菊不但又变成寡妇,家产全无,还有一个需要抚育的幼儿。

《老井》里的菜园村,原本是一个世外桃源一样的村庄。长工老井花了一年多时间给光景最好的车广生掌柜家盖了两间高房子。窑洞上的高房子成为当地的一个稀罕物。掌柜的还将离婚在家的小姨子许配给老井。然而,地震了,全村人都被卷到深土里了,只剩下掌柜家还在吃奶的小儿子和老井。

《回民巷》里李振铎聪明能干,善于经营,成为体面的有钱人,还被吸纳为县商会会员,娶了两个老婆,她们分别住在老家海原县和西安的回民巷。两个媳妇相互包容,算是美满,不料地震夺走了她们共同的男人。两个家都毁灭了。

《舅太爷》中演员因受到地震惊吓而倒在戏台上。舅太爷这个戏迷,得知其中意的演员因有心脏病而被吓死后,自己竟然也跳井而亡。还有《小诊所》里因地震造成的滑坡而掩埋掉的19条人命,等等。

这些村庄的毁灭、家庭的破败和生命的消亡,并非必然的命运,而是意外,是偶然,是人生无常的悲剧体现。作者写下这些鲜活的故事,既是缅怀逝者、敬畏生命,也是启迪后人热爱生命、珍惜当下。

生活的秘密与生命的奇迹让人无法言说,感慨万端。如《卢襄老》里的卢襄老在地震时躲过了大难,原本掉到水窖的他被一股力量发射到上空,自半空又落在水窖边的一个麦摞上。《牛蛋》里骆驼上要尿尿的娃娃和《小诊所》里哭闹着要撒尿的孩子，都是冥冥之中拯救生命的使者，都躲过了劫难。《老太子》中老太子发现小神庙里凡是大一点的神像全部被震翻下来，而那些小神像都没有被震落，但是一律震得转过身去，像是面墙叩问和忏悔，堪称神奇。还有《震前》描述的盐池小城当年发生的咄咄怪事，种种预兆，令人惊诧。

《袁家窝窝》里的村子袁家窝窝，在如此大的地震下竟然只倒了一孔窑洞，死了一个即将临盆的媳妇子，而且那媳妇肚子里的孩子来路不明。这正是冥冥之中有种力量让"做一个小蚂蚁重的恶事者，将见其恶报"。还有《养蜂人》中小 D 和弟弟四处养蜂挣钱养家糊口。兄弟俩在外地躲过劫难，踏着废墟赶回家，发现家和村庄都消失了，他俩挖了 3 天，挖到了家人，还揭开了家里的丑事，老父亲和小 D 的媳妇像夫妻一样睡在一起。虽然意识混沌，兄弟俩还是被他们看到的"狠狠地吓了一跳"，小 D 埋头痛哭，经受着双重苦难的煎熬，人祸与天灾接踵而来，雪上加霜。作者怀着悲悯之情在小说末尾说道："冷峻的上苍啊，看他们已经还原为土的样子，就请求着你的谅宥吧。"读者随之也从悲愤中舒缓过来，原谅了这些恶行。

《两块坟地》中的钱善人不仅捐粮，还捐了木材和两块坟地。后来被划为地主，互助组副组长歪着心思说大家叫他"钱善人"，实际上他好不到哪里去，捐出的两块坟地不是好地。结果副组长在家里胡言乱语起来，死去的父亲借他的嘴巴教训他忘恩负义，说活人胡来死人都看不过去了。生活有种神秘力量在进行着善恶的评判。还有《震湖》，故事表面说的是神秘的湖怪，其实也是启示人们对逝者、对生命的敬畏。

《地动》的小故事隐含诸多人生道理，比如《孖虎》道出人的尊严跟生命一样珍贵。孖虎被东家诬陷为偷牛贼，坐了 5 年牢，地震后知事组织犯人们去施救，孖虎却消失了，原来他跑回东家住处，从废墟中挖掘出老东家夫妇，并把他们带到知事前说明情况，还了清白，赢回了尊严和脸面。而《靳守仁》中的人物靳守仁在地震那晚受邀参加名人虎先生的寿宴，他原本可以因为出公差而婉拒,可是碍于面子,也以为虎先生把他当成名人,不料却是让他去帮忙端盘子倒茶水,不但毫无尊严可言还因地震失去了生命。《狼脸老汉》中的牛得生被饿狼咬掉一边脸上的一块肉,那种疼痛被作者精心描绘出来,令人心惊肉跳。这张充满苦难记忆、布满沧桑的脸自然不应该成为玩笑的对象,而应该让人致以敬意,对苦难进行庄严的回望。

小说还借英国女传教士金乐婷之作《大西北的呼唤》记录了兰州地震前的繁华和地震后的萧条,以及甘肃都督张广建率领兰州数千人到黄河边祭拜河神的荒唐愚昧。大灾之年,甘肃竟发行劣质铜币,别省不能通用,只能在甘肃境内流通,而甘肃正值大灾之年,灾民拿着铜币无粮可买,由此又增加大量饿死者。官府鱼肉人民,让百姓的生活雪上加霜,令人不由得痛斥旧社会的黑暗。

为赈灾救济奔走呼号的官吏名垂青史,《石作梁》列出为灾区做过好事的官吏,如固原警察所警佐石作梁、甘肃华洋赈灾会总办王烜,尽管人数屈指可数,却也代表社会的力量和温暖,令人敬仰。最令人感动的是《自救队》里徐善举和李唯章组织的自救队,集中体现了民间智慧和民族精神之光,尤其是马举人教训一伙蛮横之人说的一番话:"这样的时节,这么大的难,你们一个还要恨一个吗?一个还要害一个吗?一个还要把一个吃了吗?你们连狼都不如吗?娃娃们,难这么大,不是人害人的时节了,你们一路上跑着,能见几个人呢?能见几个面熟的人呢?见到的狼都比人多。这样的时节,人跟人爱都来不及,爱都没个人爱。有些人想爱他的大大,土里头呢;有些人想爱他的妈妈,土里头呢;有些人想爱他的妇人娃娃,都在土里头呢。想爱想疼见不着面了,拉不上手了。吃奶的月里娃娃土里头都埋了一层。你们还害人。我们和你们不一样,我们刨点吃的是给大家吃,你一嘴我一嘴;我们刨点衣裳大家穿,你一片片我一片片。"虽是大白话,却道出地动造成家破人亡的悲伤,呼唤大爱情怀,斥责邪恶,掷地有声,振聋发聩。

三

汪曾祺先生说:"一个小说家,不能以'做文章'的态度写小说,那样写出的小说,只能是呆板的、僵硬的。一个作家,应该以日常说话的态度写小说,这样写出的小说,才能有鲜活、清新、灵动的状态。"

这段时间,又翻出石舒清的小说集《开花的院子》《清水里的刀子》,感觉这些小说中隐含着孙犁小说和汪曾祺小说叙述的自然、亲切的风格。《地动》延续了这种叙述风格,都是以日常说话的态度来写小说的,真诚、自然、亲切。但是,细细体味,感觉叙事上还是有所不同,他之前的小说在叙述上多少还会流露出刻意"做文章"的痕迹,《地动》则更为娴熟自然,将真实、简约、朴素、自然、亲切而灵动的叙事风格发挥到了极致。对于各色人物的命运,作者都饱含深刻的同情,所以平静自然的叙述中饱含深情,充满抒情色彩。如《马海荣》描绘的一个画面:"马海荣老人一边接受采访一边在他的光腿杆上搓着麻绳。他的老婆在旁边帮他理着乱麻。采访到后面,马海荣忽然把厚嘴唇向着老婆那边使劲努努,说,我的一辈子就让这个老奶奶害了。说得大家都笑起来。旁边一个当地的陪同者说,老爷你这么不满意奶奶,你把她离了再说上个嘛。马海荣说,听这小伙子说的,我把她离了,你给我老汉做饭吃?整理着乱麻的人也活动着满脸的皱纹笑起来,好像老头子这话,真是说到她心里去了。"

简约的语言勾勒出一个生动的生活场景,一对患难老夫妻含泪的笑里饱含生活的复杂滋味,令人百感交集。

《狼脸老汉》中失去妻儿、一无所有的牛得生万念俱灰,还承受了另一种非凡的苦难:"他觉得脸像被烙铁烙了一下,然后一部分脸就被烙铁带走了。脸好像没有了,只剩下了一种灼烧和剧痛。像是要把他即刻就痛死。他痛得跑出来,抓起雪往痛的地方猛拍。哎呀,痛死了,活活剥皮一样的痛。伤口上撒盐一样的痛。狗日的狼在他脸上咬了一嘴。那么大的个牛在麦场上它不吃,它来吃他脸上这点肉。牛得生觉得自己要痛死了。他痛得在雪夜里跑着,想用这种狂跑把痛摆脱开,想用不计方向的胡乱跑动把痛扔掉,但就像他把自己扔了也扔不了这痛。深夜里雪大起来,牛得生在狂奔中重重摔倒在地,他趁机把他痛得无法可想的脸深深地埋进雪里,一边大吼着,那吼声就是狼听了也要吓得远遁。牛得生觉得他把他的脸搁入沸腾着的油锅里了。"

这些文字栩栩如生,入木三分,既展示了作者非凡的想象力和语言表达能力,也隐含着深挚的情感,给予读者痛彻心扉的疼痛感。

《讨火》的末尾,作者描绘讲故事的姑太太给孩子们留下的印象:"记得姑太太讲到丑女子让狼吃了时,我们都吓得要把头蒙起来,不敢看姑太太的狮子脸了,觉得姑太太那一脸蛛网一样的皱纹里,趴满了各式各样可怕的人生故事。"比喻生动、贴切,形象描绘出一张饱经风霜的脸所承载的苦难与沧桑。

再如《震柳》里对哨马营村存留的古柳树被震裂的描绘:"它像一个人被五马分尸那样从中间裂开来,裂开一个大缺口,然后这可怕的刑罚却好像突然地中止了,使它像一个人的脸,一半看着这边,一半看着那边。"这个形象的比喻,将一棵树的疼痛生动传达出来,令人心惊肉跳。

《田平》描绘幸存者田文看到村子被吞没的景象:"在黄风土雾里,在牛被割开脖子一样的吼声里,田文看到了好像梦境里看到的一幕,他看到对面坡上的刘昭村像个筛子那样晃动着,坡顶的小庙像是得到了什么召唤一样,越过村子,鹞子一样飞入山沟里去了,看起来轻得就像一片羽毛。紧接着就像两方面较力,终于受不住了似的,村子和后面的坡体突然断开,整个村子像坐着一艘大船一样往沟底滑去,速度并不是太快,然而势如破竹,不可阻挡。刘昭村家家户户的油灯还亮着,星星点点,在越来越快的滑动里像是在挥手告别,像在贪婪地看着最后一眼。不久就看到窑洞一个个不由自主地裂开,摇晃不定的灯光也尽数熄灭……那个有着他的唠唠叨叨的婆娘的村子(郭村),那个有着太多东西和念想的村子,完全消失不见了,被带着刘昭村滑落的山坡给彻底地深深地埋没了，就像一巴掌扣了个扑火的飞蛾那样。"

作者的笔犹如摄像机拍摄出村子毁灭的过程，令人震撼。这样生动传神的白描手法，在小说中俯拾即是。因此，一个历史灾难题材的小说被作者写得极其生动、丰富而感人。这也说明作者并没有因为要完成记录历史的责任而放弃了文学的艺术追求。

其中有一篇引人注目的小说《鲁迅先生》，依据是鲁迅先生在海原大地震当天的日记："晴。午后往图书分馆还紫佩代付之修书泉一千文。往留黎（琉璃）厂。夜地震约一分时止。"出版方十月文艺出版社在平台介绍这部小说时，说鲁迅先生是海原大地震的吹哨人。仅此不足四十字的线索，作者不但勾勒出鲁迅先生当日活动的轨迹，而且将鲁迅先生的生活状况及社会情状展示出来，内容充实丰富，更重要的是"真"。石舒清在一篇访谈中谈到这篇作品："虽然我依据的只是鲁迅先生的一行日记，但小说中其他部分并非没有来历，我查阅了鲁迅先生在海原大地震前后的日记书信，还有他的同期创作，发现他那一阶段与别人的经济往来比较多，另外多篇作品都写到和头发有关的事，我就把这些资料补充了进去，作为对那则日记的必要补充和丰富。也就是说，即使我在努力运用我的想象力时，也一直提醒着自己，毕竟我写的这个事件本身，它是确然发生过的，是一个历史事实。"

由此可以获知，作者丰富的想象并不是来自异想天开的虚构，而是追求历史事实的真实呈现，是建立于生活基础上的合理想象。这也是一种可贵的追求。

总之，从这部作品中，我们是读到了作者对于人生世相的深刻体验，语言的简洁生动，以及文学想象的丰富与真实。作者从庞杂的历史素材中提炼出人类共通的生活情感，作品不仅仅是一种苦难叙事，更是种种生命形态的展示与民族精神的传承，对当今社会，乃至未来都意义非凡。

2020 年是极不平凡的一年，新冠肺炎疫情发生以来，广大作家自觉以笔驰援、以文抗疫,推出了一大批优秀抗疫题材作品。同时,决战脱贫攻坚主题创作也是本年度文学的亮点。或许是因为这两大主题创作备受瞩目,在 2020 年年底的小说年度扫描中,《地动》还没有引起评论家足够的注意。但是以愚之见,《地动》为宁夏文学和中国少数民族文学竖起了一座丰碑,甚至对 2020 年的中国文学都是一个重要的收获。

石舒清先生的文学境界与艺术追求,对处于发展瓶颈的宁夏青年作家特别是少数民族青年作家,可以奉为圭臬。

杨玉梅,《民族文学》杂志社副编审,全国侗族文学学会会长。

天地造化说"地动"

——关于《地动》的阅读随想

◎闵生裕

世界是物质的,物质是运动的,运动是有规律的,规律是可以探寻的。地震是地球表层的快速振动,在古代又称为地动。但这种运动规律人类目前尚无法掌握。在自然面前,人类是渺小的。在重大自然灾难面前,人类显得无能为力。宿命地说,这或是天地之造化,是冥冥中某种不可抗拒的旨意。无论是天地之变,还是阴阳之化,皆可归于造化。

海原大地震是人类有记录以来的三大地震之一,被称为环球大地震。大震之后,大疫继之。官家几同虚设,百姓九死一生。今年是海原大地震一百周年,一百年间,关于地震的记忆和书写一直不绝于民间,但有影响的作品不多。最近,北京十月文艺出版社出版了石舒清的小说《地动》,这是一部关于海原大地震的力作。窃以为,灾难书写的意义不在灾难本身,而是透过灾难对人心的映照。多年来我们一直期待有一个优秀的作家"笼天地于形内,挫万物于笔端",把海原大地震中的人和事,集中于某个家族或某一群体写其盛衰变迁及人物命运,可以写得波澜壮阔,写得荡气回肠。大概这样做需要太多的虚构和机巧。然而,作为一个从小在海原长大的作家,石舒清选择的是一种相对老实或简约的表达方式。他的小说没有书写太多大人物在此次灾难中的浮沉,而是聚焦灾难中的诸多浮生。作为一部灾难题材的小说,石舒清没有过多渲染地震发生时的惨状,只是平静从容、虔诚而温情地讲述。许多志异类的文字让人很着迷。比如灾难中的人性秘密和灾难后的人生际遇种种。在阅读《地动》后,我搜刮了三组关键词归类自己的阅读与思考。

其一,世事无常,造化弄人。

"月儿弯弯照九州,几家欢乐几家愁。几家夫妇同罗帐,几个飘零在外头。"这是一首南宋民歌。它说的是人世间每时每刻都发生着悲欢离合。我想起一个画家说过,某现代派画家画了城市的一幢高楼,是透明的。他把时间定格在夜晚的某一刻。我没看过那幅画,但我佩服画家的奇思。我们知道,都市是重隐私的,以至于我们比邻而居却互不相识。而农村是熟人社会,即使相距十里八村,你家的八代祖宗他人可能都会一清二楚。这种环境下,乡村包纳隐私的空间也许不多。如果我们让某一时刻在城市钢筋混凝土浇筑的某幢高楼的每一家屋子都透明,你且看去,那一定是一个光怪陆离的万花筒。柴米油盐酱醋茶的俗事,琴棋书画诗酒花的雅事,统统不说了,光是那风花雪月的稀罕事大概就让你目瞪口呆。不但有异性相恋的,更有同性相欢的,不但有持票上船的,还有暗夜偷渡的……

海原大地震强度之大,伤亡之惨重世界罕见。当我们把镜头定格于天地崩塌的一瞬,地震就像一滴松香落到一只昆虫身上,最后形成化石,成了琥珀。于是,一个小虫子生命中的一瞬就凝固了。地震现场死亡的人有的连翻身的时间都没有,他们甚至在睡梦中就无常了,更别说提裤子或遮羞。《养蜂人》曝光了一个被地震定格的人性秘密。两弟兄外出养蜂,哥哥已婚,弟弟未婚。因为搭帐篷而居,地震中幸免于难。他们回到村里在自家的废墟上挖了三天,结果没有一个活的。但是他们也挖出了一个惊天秘密,那就是他爹和儿媳妇像两口子一样睡在一起。石舒清说,有老人曾经多次说过大地震后被忽然揭露的类似秘密和丑事也不在少数。作者没有多半句道德批判。文末加了这么一笔:"冷峻的上苍啊,看他们已经还原为土的样子,就请求着你的谅宥吧。"我理解作者的悲悯。是的,古今中外,一切律令对所有罪过或罪恶的审判,最严厉的也莫过于一死。

其二,生死阔契,缘由天定。

四川广元旺苍人昝学武与媳妇闹别扭,媳妇回了娘家,受其母教唆数月不归,几次去接未果。地震那天,男人持刀上门近乎是以绑架的方式把媳妇从丈母娘家找了回来。当晚,他们完全沉浸在久别胜新婚的甜蜜中,地动的时候他们也动得欢实。作者这样写:"直到屋顶呻吟着要掉下来时,这一对还在如火如荼汗水淋漓的欢好里。"但是地动过后他们一动不动。《1920年 12 月 16 日大地震的概述和评注》还顺手记载了这样一句:"某夫妇被压粘成一片,力拆不开,因合葬之。"比翼之鸟死乎木,比目之鱼死乎海。大难之中,一对爱人的这个死法不算尴尬,相反应该是庆幸,庆幸他们生得欢娱,死得浪漫。庆幸他们生则同衾,死则同穴。

《麦彦》讲述的是赶大车跑运输的王大车途中收留了一个饿得走不动路的汉族孤儿胖娃,胖娃人勤眼活,后来王大车将他收作干儿子一起跑生意。地震后王大车一家十三口剩下三人,他的老婆也殁了。有一天发现路边大坑里一个年轻女子怀中一婴儿在大哭。女子冻僵了,王大车试其鼻息,认为人已死了,只救了孩子。但胖娃不甘心,他看那小媳妇不像个死人样子,征得王大车同意后把小媳妇抱回了车上,母子因此得救。几天后,王大车要到靖远出车,顺便把这个震后婆家人死光了的小寡妇送回娘家。走到路上,他发现胖娃和麦彦有点不对劲。走到麦彦家路口,她却不下车。礼教绑架失败后,王大车偃旗息鼓。虽然地震毁灭了一切,但王大车内心的那点羞恶之心犹在。他为自己那点小私心和冠冕堂皇的理由而羞赧。我不禁想起毛志成的一句话:"在裸体的舞场上,美属于那个捧起一脸羞涩的人。"石舒清把王大车写神了。其神来之笔恰在于发现了王大车羞恶之心包藏下的人性美。

其三,人生如戏,戏如人生。

在灾难面前,生死或是一念之差的事,有人是因一条狗的狂吠活了下来;有人看戏因为被孙子扯着耳朵哭闹,气急败坏地骂着出门了,但他活了下来;有人躲过了地震,却没躲过狼口;有人劫后余生,却死于贪念。《田平》讲述了田文从郭村到黄川村看皮影戏,自家婆娘非要他把饭吃了再去,饭吃罢赶到黄川时,放皮影的窑洞里已经挤不进人了。轰隆一声地震,看皮影的人统统到另一个世界看戏去了。田文回到郭村时,村子也消逝了,全村就活下他一个人。《山走了》讲述窝囊废李百合,因为老爹偏心,分家时给他分了坡地,本来耕种就吃力,加上老婆唠叨,他心上烦得很,提了半截绳子到村前的老树下准备上吊。这个时候地震了,他们整个村庄都被夷平。世界上的事就是这么荒诞,人生就是这么富有戏剧性。全村想活的人一个也没活下,唯有一个没出息的不想活的李百合活了下来。

《靳守仁》里讲述海城里一绅士虎先生请贵客 23 人,中学副主任靳守仁荣幸受邀,他受宠若惊。虎先生请的人哪一个不是有头有脸的,自己不去就是狗坐轿子,就是给脸不要脸。他把兰州出差的事都推掉了,老婆还惦记着让他到兰州给自己买一件毛衣呢。但靳守仁认为,一定要赴这场豪门盛宴。去了才发现,虎先生是让他来端茶倒水打杂的,是伺候那些爷的。那晚地动了,虎先生和他的 23 个宾客活下来 3 人,没有靳守仁。世上没有假如,如果靳守仁知道自己是来打酱油的,肯定毫不犹豫地上了兰州。

闵生裕,中国评论家协会会员,宁夏作家协会理事。

"宁夏青年作家群":20世纪90年代以来 宁夏文学的主体建构

◎许　峰

　　文学的发展似乎有自己的自然周期,"峰"与"谷"有时交替出现,新时期以来的宁夏文学发展从整体的创作来看便是如此,呈现一种"U"字形模式。20世纪80年代由于"宁夏出了个张贤亮",使宁夏文学备受瞩目。"两张一戈"(张贤亮、张武、戈悟觉)的小说创作成为20世纪80年代宁夏文学最耀眼的部分。还有一批"文革"后复出的作家和更为年轻的作家,在思想解放的大潮中积极走上了创作之路,成为宁夏文学创作的生力军。20世纪80年代的这一批作家在张贤亮的引领下,创造了新时期以来宁夏文学的第一个辉煌。到了20世纪90年代,张贤亮放慢了创作的脚步,戈悟觉离开宁夏回到故乡温州,20世纪80年代努力写作的一批作家在面临社会急剧转型的20世纪90年代而呈现出一种无所适从的状态,以至于20世纪90年代前期宁夏文学的创作经历了一个短暂的沉寂期。然而这种沉寂没有多久,从20世纪90年代中后期至新世纪,宁夏文学再次进入一个令人欢欣鼓舞的发展高潮期。以陈继明、石舒清、金瓯、郭文斌、马宇桢、漠月、季栋梁、张学东、李进祥、马金莲、了一容等为代表的年轻作家开始登上文坛,并成为宁夏文学创作的中坚力量。而这批青年作家在新世纪之后,逐渐成为中国当代文坛一股不可忽视的文学力量,被称为"宁夏青年作家群"。"宁夏青年作家群"在新世纪之后的宁夏文坛一直处于"霸屏"的状态,甚至2018年出版的"文学宁夏"丛书,入选丛书的作家还是上述作家。那么,"宁夏青年作家群"是如何在新世纪宁夏文坛居于"文化网络的核心位置"的? 他们在 20世纪 90 年代以来的主体地位是如何被建构起来的?

一、创作主体的自我呈现

俗语有云:"打铁还需自身硬。"作家证明自己的方式就是要创作出优秀的文学作品。"宁夏青年作家群"在 20 世纪 90 年代中后期至 21 世纪以来展现出旺盛的创作生命力,也取得了令人瞩目的成绩。在宁夏这样一个人口不足 700 万的小省,"宁夏青年作家群"可以说创造了文坛一个不小的奇迹,赢得了中国当代文坛的认可。也正因为有这样的成绩,才可以自信地宣称"宁夏青年作家群"已经崛起,成为中国当代文学版图中不可或缺的重要部分。他们在 20 世纪 90 年代中后期至 21 世纪以来取得了以下成果。

鲁迅文学奖

作品	届次	作者	体裁	作品发表刊物
清水里的刀子	第二届	石舒清	小说	人民文学
吉祥如意	第四届	郭文斌	小说	人民文学
1987 年的浆水和酸菜	第七届	马金莲	小说	长江文艺

少数民族文学创作骏马奖

作品	届次	作者	体裁
苦土	第五届	石舒清	小说集
季节深处	第六届	马宇桢	小说集
鸡蛋的眼泪	第七届	金瓯	小说集
伏天	第八届	石舒清	小说集
负重的文学	第八届	郎伟	评论集
挂在月光中的铜汤瓶	第九届	了一容	小说集
换水	第十届	李进祥	小说集
长河	第十届	马金莲	小说集

"21 世纪文学之星丛书"

作品	年度	作者	体裁
西北辞	第十二届	马占祥	诗集
苦土	1994 年	石舒清	小说集
季节深处	1996 年	马宇桢	小说集
寂静与芬芳	1998 年	陈继明	小说集
跪乳时期的羊	2002 年	张学东	小说集
挂在月光中的铜汤瓶	2006 年	了一容	小说集
世纪之交的文学思考	2007 年	牛学智	评论集
草木与恩典	2014 年	刘汉斌	散文集
大地知道谁来过	2019 年	田鑫	散文集

另外,季栋梁的长篇小说《上庄记》和马金莲的长篇小说《马兰花开》获得 2014 年"五个一工程"奖,赵华的《大漠寻星人》获 2017 年全国优秀儿童文学奖,马金莲、牛学智还分别荣获第一、第二届"茅盾文学新人奖"。各文学大刊所设立的文学奖项,宁夏青年作家更是多次榜上有名。

据本土评论家郎伟统计,"2000 年到 2009 年的 10 年间,在《人民文学》《中国作家》《诗刊》《民族文学》《十月》《当代》《收获》《钟山》《上海文学》《花城》《天涯》等著名刊物上发表的宁夏青年作家所创作的各类文学作品多达百余篇,而《新华文摘》《小说选刊》《中华文学选刊》《小说月报》《散文选刊》等国内权威选刊也在不间断地转载宁夏青年作家的各类作品。10 年之中,仅中国作家协会主办的《小说选刊》一家刊物,就选载了宁夏青年作家所创作的小说和评论作品 62 篇,平均每年 6.2 篇。以《小说选刊》每年出版 12 期刊物计算,意味着每两期就会有 1 篇宁夏青年作家新发表的小说登上了这家声名远播的权威小说选刊。而在由中国作家协会创研部、中国小说学会等文学权威机构和一些著名学者主持编选的《中国短篇小说、诗歌、散文精选》《21 世纪中国文学大系》、'中国小说学会年度文学排行榜'等有影响的年度选本和排行榜上,宁夏作家不仅榜上有名,而且入选的人数和作品呈

现逐年扩大的趋势。"(郎伟《新世纪前后中国文学版图中的"宁夏板块"》)

"宁夏青年作家群"之所以被纯文学期刊认可,取得以上辉煌的业绩,在于他们的创作不是当下那种追求时尚性的写作,也不是为了获得市场效应的趋利性写作,他们立足于"地方知识"的建构,在地方性文化中努力挖掘具有"中国风格""中国气派"的文化因素,并将其纳入复兴中国传统文化的意义之中。在全球化的冲击之下,"宁夏青年作家群"坚守文学的真善美,叙写出具有内在美的灵魂故事,坚持用文学来服务这片土地。因此,在消费主义时代的语境中,"宁夏青年作家群"的创作给文坛带来一股久违的清新和一种震撼人心的力量。

"宁夏青年作家群"这种出色的创作业绩,不仅为自己在文坛集体亮相赚足了眼球,为自己正名,同时也得到了文坛的一致认可,这是继张贤亮之后,宁夏文坛又一次在中国文坛产生的轰动效应。

二、政治话语中的群体形象建构

"宁夏青年作家群"的崛起离不开宁夏回族自治区政府的扶持、打造、推介。作为地域文化的表征,"宁夏青年作家群"的出现很好地践行着宁夏"小省区办大文化"的理念,在宁夏回族自治区的组织协调与中国作协的扶助领导下,"宁夏青年作家群"一步一步走进人们的文化视野。

20 世纪 90 年代中后期到新世纪初期,宁夏青年作家已经开始在文坛崭露头角,尽管陈继明、石舒清等青年作家开始陆续进入"21 世纪文学之星丛书",有了一定的影响力,但宁夏青年作家还基本上处于"单打独斗"的状态。这种局面在 2000 年发生了改观。6 月,宁夏回族自治区党委宣传部、宁夏文联、《朔方》编辑部与中国作家协会、《人民文学》杂志社、《小说选刊》杂志社联合在北京召开宁夏青年作家陈继明、石舒清、金瓯作品研讨会,正式隆重向外界推出宁夏"三棵树"。紧接着到 2001 年,由张贤亮主编,李敬泽作序的"西北三棵树丛书"出版,进一步让读者了解宁夏"三棵树"的创作。

2002年5月，《中国作家》杂志社、《人民文学》杂志社、《文艺报》与宁夏回族自治区党委宣传部、宁夏文联、《朔方》编辑部等单位在北京再次联合举办"宁夏青年作家小说作品研讨会"，再一次向外界推出季栋梁、漠月、张学东，称之为宁夏"新三棵树"。2006年7月，中国作家协会、宁夏回族自治区党委宣传部和宁夏文联联合在北京中国现代文学馆召开了"宁夏青年作家作品研讨会"，与会成员为宁夏青年作家群体与国内知名评论家，大家聚在一起探讨宁夏文学的成就及未来发展前景，这样高规格的研讨会对宁夏青年作家而言史无前例。时任中国作协党组书记金炳华称赞他们的作品"有深厚的民族和地域特色，生活气息浓厚"。时任中国作协副主席陈建功非常看好这支队伍，称赞他们"路子正、根底厚、创作态度严谨、创新意识强，是一支大有前途的队伍"。这次在宁夏文学历史上有重要意义的会议，各大媒体都做了跟踪报道。

从时间的历时性来看，"宁夏青年作家群"的形成不是一蹴而就的，而是在政府的组织协调下，每个时间节点上不断地努力向外界推介而最终形成的一个创作群体。再就是对于宁夏青年作家的有效命名（宁夏"三棵树""新三棵树"），让宁夏青年作家成为一张颇具影响力的文化名片。法国社会学家布尔迪厄说过："命名，尤其是命名那些无法命名之物的权力，是一种不可小看的权力……当'命名'行为被用在公共场合时，它们就因而具有了官方性质，并且得以公开存在。"（包亚明《布尔迪厄访谈录——文化资本与社会炼金术》）正是因为"宁夏青年作家群"在命名上具有了官方属性，所以，在政治话语中，"宁夏青年作家群"被建构起了意识形态化的文化格局，并被赋予了具有地方性特色的文化内驱力量，成为文化自觉与文化自信的现实载体。

时任自治区党委常委、宣传部部长李东东说，宁夏经济社会文化的全面发展，凝聚了广大作家和文学工作者的智慧和汗水。宁夏的文学成就是宁夏区党委和政府近年提出和实施"小省区要办大文化"战略的重要成果。

自治区党委、政府将继续重视和关心文学工作,充分发挥文学在和谐社会建设中的积极作用,坚定不移地坚持"二为"方向和"双百"方针,结合实际发挥自身优势,努力探索符合宁夏区情的文学发展道路。

文学创作是一项个人性行为,但是若要以群体的形象呈现,势必需要官方的组织与协调,"宁夏青年作家群"通过自身不懈的努力,在文坛取得了一定的成绩,而作为群体形象的出现,离不开本地政府的积极推介与培养。政府在打造"宁夏青年作家群"的过程中,不仅给予了行政支持,而且还投入了大量的财力。"金骆驼丛书""新绿丛书"等一系列的创作资助,推送青年作家到更高层次的创作培训机构(鲁迅文学院)学习,搭建与文学大省(江苏省)之间的交流平台,请著名专家来参与宁夏作家的学术研讨会等,政府的这一系列举措让"宁夏青年作家群"在不长的一段时间内声名鹊起,成为中国当代文坛一支不可忽视的创作力量。

三、批评话语中的主体建构

真正让"宁夏青年作家群"进入大众视野,尤其是进入学术研究的视野,还是要仰仗文学批评的阐释与评析。作为宁夏"三棵树"之一的陈继明有深刻的体会,他曾在《写作是为时代作证》的序言中这样评价郎伟文学评论的意义:"郎伟最初评介宁夏作家的时候,所谓'宁夏文学'还远远不成气候,除了已经盛名在外的张贤亮,其他宁夏作家,尤其是青年作家,都还籍籍无名,大多数评论家是看不上也不会轻易地评价他们的,对他们的轻视,是明摆着的……郎伟一定是最早关注宁夏青年作家的评论家,而且始终保持着跟踪观察、向外推介、深度研究的热情,宁夏文学现在的成就,如果肯承认有评介之功,那么,郎伟确实功不可没。"从陈继明的描述中,可以看到文学评论对于"宁夏青年作家群"的意义与价值。南帆曾指出批评家的功能:"如果说,一部作品让普通读者感到了情绪上的激动,那么,批评家要负责讲解这种激动的理由——他们要指出这部作品可能在哲学、社会学、语言学、符号学、神话学等诸方面显出的意义;如果说,多数读者多半凭借一时一地的印象、情绪、兴趣判别一部作品'好看'或者'有趣',那么,批评家的判别方式要远为复杂。'好看'或者'有趣'之后,批评家还必须调动专门的文学知识给予诠释。"(南帆《文学理论》)对于"宁夏青年作家群",郎伟最早介入其中,以一个评论家的直觉去评介尚在发展阶段的宁夏青年作家的创作,他几乎评介了每一位宁夏的青年作家,并努力发现宁夏青年作家创作的优长。长期跟踪观察,并尝试将"宁夏青年作家群"作为一个重要的学术研究对象加以深究,2004 年郎伟获批了国家哲学社会科学基金西部项目"西北有大音——'宁夏青年作家群'研究",将"宁夏青年作家群"真正全面系统地纳入学术研究之中。

正如媒体所指出的那样,"宁夏青年作家群"成长历程是从"三棵树"到"文学林",当"三棵树""新三棵树"被官方推出之后,关于他们的批评研究也随之而来,著名文学评论家李敬泽在《遥望远方——宁夏"三棵树"》中就对陈继明、石舒清、金瓯三位宁夏青年作家及其作品做了精彩的评析。此文作为"西北三棵树丛书"的序言,对宁夏"三棵树"的快速成长有着准确的定位和极其重要的意义。另外,关于宁夏青年作家的个案研究也随之多了起来。

对于"宁夏青年作家群"这一群体最早做整体研究的当数本土评论家郎伟。他早在 2006 年 7 月"宁夏青年作家群"进京被研讨之前,就对"宁夏青年作家群"做了一个整体性的阐述。他于 2005 年撰写的《偏远的宁夏与渐成气候的"宁军"》一文是国内最早论述"宁夏青年作家群"的创作价值与艺术风貌的文章。作为本土评论家,一般容易形成地域性的保护意识,正如学者龚鹏程指出的那样:"一位具有地域观念的评论者,在观看各种事物时,都可能会带上省籍地理意识。"(龚鹏程《有文化的文学课》)但是该文摒弃了上述所说的省籍地理意识,用优美的表述极其客观地对"宁夏青年作家群"之于宁夏文学的意义做了评价,不仅归纳了"宁夏青年作家群"缘起及其创作成功的原因,而且也非常中肯地指出了他们在艺术经验方面存在的诸多不足,对他们的创作充满着更高的期待。他主持的国家课题"西北有大音——'宁夏青年作家群'研究",更是系统化地对"宁夏青年作家群"做了学理化研究,其中像郎伟的《新世纪前后中国文学版图中的"宁夏板块"》和《巨大的翅膀和可能的高度——"宁夏青年作家群"的创作困扰》,马梅萍的《直观生命 探寻本质——论宁夏青年作家群的生命意识》,张富宝、郎伟的《论宁夏青年作家群的创作心理》等论文,即是国家社科基金项目研究的直接成果。另外,郎伟指导的一些硕士论文也以"宁夏青年作家群"为研究对象。他们从各个角度去探析"宁夏青年作家群"的创作主题和艺术价值。

总之,从上述三个方面,我们逐渐认识并理解了"宁夏青年作家群"这一创作群体。首先,"宁夏青年作家群"是活跃在 20 世纪 90 年代后期到新世纪的一批宁夏青年作家,他们对文学充满了敬畏之心,关注社会生活的底层,抒发知识分子的忧患意识,担负起社会责任。其次,他们的创作以乡土题材见长,在脚下这片充满苦难的土地上追求超越世俗的精神,呈现出前现代那种"文化守成"的姿态。最后,"宁夏青年作家群"是一个复杂、不断发展、流动性的群体,他们的创作风格不尽相同,创作水准也参差不齐,甚至充满着矛盾和悖反。在全球化、现代化的浪潮中,他们同样面临着痛苦的转型与抉择,呈现出一种未完成的现代性态势。

许峰,宁夏社会科学院文化所副研究员,博士。

总是被误读的诗歌

◎柳向荣

古往今来，许多人喜欢吟诵诗歌，但什么是诗歌？我们应该怎样理解诗歌？千百年来，留下了很多公案，争来争去难下定论。这里面有很多地方，存在着对诗歌的误读。尽管如此，诗歌从产生那时起，发展的势头从来没有减缓过，反而是越发展越好。我曾经想编写一部诗歌史，打算从字数上入手，一字诗、两字诗，三言、四言、五言、七言、长短句，一直到自由体，诗歌的语言形式变化越来越丰富，单就这个专题也能写一部鸿篇巨著。但是，后来一着手，还是被浩如烟海的文案给吓折回了。读多少诗不说，就是把现有的诗论读完，花去几百年都不一定够。谁会给我这么富有的时间呢？还是另做打算的好。不过后来也意识到，如果仅从字数上或者句式的变化上看诗歌，这本身就是一个很大的误读。

误读的第一件事，就是给诗下定义。诗是什么？这是一个没有几个人想回答的难题。我看过很多诗人、评论家写的文章，他们都在谈论诗应该怎么写，为什么要那样写，就是不直面问题本身，不谈论诗是什么。博尔赫斯一度认为这个问题根本就不是问题，他说："我们没有必要把谜解开，谜底就在诗里头了。"但是，诗歌以它的迷宫一般的魔幻，一直勾引着人们的好奇。诗歌究竟是什么？话越是这样说得霸气十足，这个看似不存在的问题，就越发地刷着自己的存在感。就像是猜不出谜底的人一样,他越是喜欢阅读诗歌,甚至是痴迷诗歌,就会越发纠结于这个问题。如果他听到像博尔赫斯教授那样的话,就会倍感羞愧。显然博尔赫斯也产生过这样的疑惑,只是人家已经找到了谜底,不想告诉别人罢了。这样他就会觉得自己很笨很蠢,解决不了这个问题,想请教别人也未果。但是,他会听到很多人很多时候总是津津乐道地谈论一首诗的来龙去脉,就是因为那里有一首现成的诗可以谈论。假定那是一首很优秀的诗,定会有很多人都愿意去谈论它。当然也少不了作者搞一点"创作谈"之类的东西。尽管作者本人并不想说实话,他总是要说得很神秘,类似有上天保佑、神力相助的那样,但他并不直接这么说,他说的只是"偶得"与"神会"之类的东西,如何巧妙地降临到他的身上。初入门的作者或者读者,很难从中得到他们所期望的,真伪难辨。他们只能得到一样东西:那就是敬仰。除此之外,都是废话。"天才"不是成就事业的唯一,但是人人都想成为"天才"。破除对"天才"的迷信,需要用大量的事实做功课。

不回答这个问题是有道理的。因为诗歌根本就无谜底可揭。博尔赫斯说:"我相信,我们是先感受到诗的美感,而后才开始思考诗的意义。"这句话意思很明确,读诗是为了获得美感,而不是提取意义。没有美感的诗歌,要意义也是没有用的。如果读者感受不到诗歌的美感,也就不会思考诗歌的意义。感受在先,思考在后。也可以这样理解,读诗是一件很美妙的事情,是用不着思考的。因为伤脑筋毕竟不是一件美事。因此,诗歌毕竟不是一篇科研论文,更不是一篇哲学文稿。不要把诗人跟哲学家、科学家进行类比,这是不恰当的。因为一首诗的创作,需要的是诗人的感受和体验;一个哲学理念需要的是逻辑推论和思辨;一项科学发现或是技术发明需要的是大量的数据分析和实验。如此等等,车走车路,马走马路,大路朝天,各走一边。怎么好相提并论呢?

而当前诗歌最大的弊病,就是普遍缺乏应有的自信。诗人总是想方设法地把自己乔装打扮成别人,显摆得很理性,很有学问的样子。有的甚至想扮演成布道的神父,更有甚者不惜以恶魔的面具示人。有些诗人甚至认为自己是可以指鹿为马、点石成金的。这种超级自信,其实是没有自信的表现。这岂不是有损于诗歌的质量吗？别指望读者的智商还处在义务教育阶段。得不到阅读的喜悦,他们为什么还要继续阅读呢？于是,有些诗人便专门写一些别人干脆读不懂的诗,美其名曰是写给自己的。尽管如此,他们还是拿出去发表了,就像是一面自制的镜子,转了一圈只能拿回去照照自己,孤芳自赏罢了。凡此种种现象足以说明,在学做别人的路上,这些写诗的人已经连自己都不认识了。为谁写诗很重要。心中只有自己,没有读者的诗人,他的心里其实是装不下一首诗的。"眼前有景道不得,崔颢题诗在上头",李白是一个大诗人,他知道一首好诗的分量是多少。一首好诗就是这样,既让人过目不忘,更让人无话可说。很少有一首好诗,只属于诗人自己。

那么,一首诗的美感究竟是什么呢？关于这个问题,美国符号美学家苏珊·朗格说:"信念的确定不是诗人的目的,其目的是创造信念的虚幻的经验,或者说信念所获得的虚幻的经验。诗人的推论是他思考过程的表象,而紧张、犹豫、挫折或突显的才思、顿生的悟觉等,才是其中比结论还重要的因素。"诗人要不要思考？显然是需要的。诗人又不是没有脑袋的人,只不过诗人不是用脑袋写作的,而是用心写作的。所谓的"虚幻经验",翻译成我们所熟悉的语言,就是"情感体验"。这种体验经过一首诗的提炼,包括作者和读者的再度丰富,就会升华成一种审美愉悦。博尔赫斯说:"诗歌是美学体验。美与事实不需要定义。"他甚至有些迫不及待地说:"美在等待着我们。如果我们敏感,就能在各种语言的诗中感受到它。"在他看来,也许迟钝会坏我们的事,会让我们失去对"美"的体验,它让我们变得敏感起来。创作或阅读每一首诗,都是一种美的体验。这种体验稍纵即逝。因为"美"是只可意会,不可言传的,也是不可定义的。

尽管如此,"诗是什么"仍然是一个问题,它始终困扰着我们。作为一种本质性的存在,诗以它固有的定式,在人们的心里存在。也许,每一个人的心里,都有他自己能看得懂的诗歌,都有着他自己认为美的诗歌。从这个意义上讲,每个人都是一个诗人。但即便是这样,诗歌也不会成为某一个人的专属,它仍然是一种普遍的存在。它总是以一种独特的方式,唤起人们对诗歌的热爱。这种方式就是它的存在。譬如在《诗经》的时代,四言诗就是一种普遍的形式,风雅颂、赋比兴就是一种特有的方式。

但是,时代在前进,诗歌也会与时俱进,人们对文学的认识也会与时俱进。先秦、两汉、魏晋南北朝是中国文学繁荣鼎盛的时代,尤其是南梁时期,萧姓皇族表现出对文学的浓厚偏爱,各类文选诗集盛行一时。此时,从《诗经》的四言诗到南北朝的五言诗,已经过去了一千多年了。一千多年的诗歌创作实践,也到了该给诗歌一个清晰的形象的时候了。特别是 5 世纪末 6 世纪初,两位文学评论家刘勰和钟嵘的同时出现,就像是文学的殿堂同时打开两扇大门。诗歌是文学殿堂里最绚丽的鲜花,也是一枝文学的报春花,能够从各种文体中脱颖而出,已是春色满园,风光无限。

刘勰和钟嵘都以四言诗为诗歌正体,但都对"什么是诗歌"认识清晰,一点都不含糊。刘勰要为诗歌定义,来回答这个"千年一问"。当然他是用文言文回答的,很多人也许压根儿就没有听明白,或者说都没有转过弯来。我这样说是可以举证的,从我所能看到的诗论里,从来就没有见过有谁引用过这句话,只有从他的原著里才能读到。他说:"诗者,持也,持人情性。"学过古汉语语法的人都很熟悉,这种"者也"句式是标准的判断句式,是用于定义的规范语式。但是,我们怎样理解这句话呢?或者说,把这句话翻译成现代汉语又是什么意思呢?我们要找到答案的答案,这同样是一道难题。

在翻译这句话之前,想起二十多年前,我要写一篇毕业论文。那时候我很喜欢南宋诗人陆游,又接触了符号美学理论,比较完整地阅读了美国美学理论家苏珊·朗格的《情感与形式》。据介绍,苏珊·朗格的美学理论,是美国战后十年间,最具影响力的美学理论。她用"有意味的形式"来解读诗歌,让我仿佛找到了一把开启诗歌大门的钥匙。我当时决定用这把新钥匙，打开陆游诗歌这把旧锁。我始终认为，诗无新旧之分，更无中外之别。跟音乐不同的是，诗是用不同时期、不同地域的语言写作的"心声"。但是，山川异域，风月同天。不通过翻译，我们仍旧热爱着屈原、李白、苏东坡、马致远，热爱着拜伦、雪莱、惠特曼、济慈。我在做论文期间，又阅读了美国汉学家迈克尔·杜克的专著《陆游》，他认为在陆游的诗里，表现出诗人有追求个人自由的激情与强烈的报国之心的对立且难以调和的持续紧张。说实在话，我想起这位美国作家的原因之一，就是至今无法忘记他提出的"持续紧张"的概念。在我想理解刘勰的这个定义时，我还是从记忆里找见了这句话。我在想，刘勰所说的"持"究竟是什么意思，是占有、独有的意思，还是延续、恒久的意思呢？或者两种意思都有，又不仅如此呢？而我当时有个发现，就是在陆游的诗中有两个意象是不容忽视的，它们都具有符号特质：快意恩仇的"刀"和百折不回的"剑"。"刀"在诗中出现，陆游是酣畅的；"剑"在诗中出现，陆游是郁闷的。也许这就是我用陆游的"刀"和"剑"，去理解迈克尔·杜克的"持续紧张"，也用来对照苏珊·朗格的"有意味的形式"。当然，在这种刀光剑影之中，陆游并没有告诉我们诗是什么，他只是用诗告诉我们他要干什么。

如何看待一个诗人和他所创作的诗歌，这绝对是一件很专业的事情。当然也很难做。出力未必能讨好。但凡决定要做这件事的人，都是下了不讨好的决心的。第一个这样做的人，他跟刘勰基本上属于同一个时代。说他很专业，是因为他只论诗，而且是当时最流行的五言诗。他的《诗品》给他的专业很加分。我觉得他不但敢吃螃蟹，还敢下厨煎炸螃蟹。他把他所能读到的五言诗和 122 位诗人，统统分成上中下三品，很明确地亮出自己的评判标准，告诉世人哪些诗才是上品，为什么是上品。只是跟刘勰所不同的是，他没有定义诗，他很巧妙地把这个问题规避掉了，而是用一种描述性的语言说，诗是因为摇荡性情，形诸舞咏而产生的，感天动地莫过于诗。他甚至还说:"五言居文词之要,是众作之有滋味者也。"这里也用了"者也"句式,但不是下定义,而是通过比较提出了一个很有影响力的概念"有滋味"。他就是钟嵘。这里的"众作"究竟指什么,也许我们用刘勰《文心雕龙》里一一论及的三十七种之多的文体来举证,是有助于我们的理解的。那么,诗作为文学的一种来说,是最"有滋味"的。我之所以强调钟嵘的"有滋味"说,是因为这种观点跟之后的苏珊·朗格的"有意味的形式"的说法,除了时间上有差异之外,其中的味道是相通的。

有滋味才有品味。《诗品》这部经典的意义就在于此。钟嵘认为诗是可以不分优劣的,但得分品味。他认为属于上品的诗当数《古诗十九首》。以诗人身份第一个亮相的上品诗人竟然是李陵。他在今天的文学史里是没有什么地位的。他是飞将军李广的孙子,远征匈奴被俘投降,在匈奴娶妻生子苟且偷生,但他一直渴望着回到长安报效祖国。可是,汉武帝听信谗言杀了他的老母亲,断了他再回长安的后路。苏武的出现完全颠覆了李陵的世界。苏武最终得以回到汉朝,彪炳史册。李陵显然不行,但是两人结下了深厚的友谊。临别时,李陵有几首诗是写给苏武的,诗中说:"嘉会难再遇,三载为千秋。"亲情、友情、爱国情,让李陵的诗悲怆凄婉,荡气回肠。苏武很理解李陵的处境,也很同情李陵的遭遇。但是,汉王朝不能原谅一个背叛的将军。面对背叛,辩解是徒劳的;承受悲情,诗歌是厚重的。钟嵘认为李陵的诗深得《楚辞》底蕴,又多凄怆,可以同屈原并驾齐驱。他把李陵置于"上品第一人",就是想说,让作品说话,才是一个作家应有的品性;用情感写诗,才是一个诗人应有的品行。所以,一个有意思的现象,在钟嵘看来就显得很正常。他认为五言诗最为辉煌的时期,当数建安文学的"风力"。他对"三曹"的评价很高,但是他对"三曹"的评判尺度很大。曹植的诗情感充沛,文采精美,当属"上品",不仅是建安文学的至尊,更是五言诗坛的魁首。在这个阵容里有陆机、谢灵运等精英诗人。曹丕的诗无论在情感上,还是文采上都稍逊于曹植,属于"中品"。在这个阵容里还有嵇康、陶渊明等著名诗人,这是个明星阵容。倒是把曹操的诗列为"下品",令我十分诧异。纵观这个阵容,对后世诗歌产生过影响的,还就是曹操一人。这样的评价是否客观,完全可以不论。谁家的诗写得好不好,本来就是仁者见仁,智者见智的事。这种是非对错,几天几夜是说不清的。让李陵入上品,让曹操住下品,这里立论的标准,不是历史的功过,也不是时代的更替。这里只有诗歌的品性,诗人的性情。钟嵘拿捏的只有两样:情感的张力、文字的才气。

诗歌的内容是性情,诗歌的形式是语言。一把尺子两项指标,天下无不好的诗歌。"三曹"的诗歌流传很广,也很典型,其中很多诗篇,人们都能背诵出来。对照"三曹"的诗,理解《诗品》中诗人的品级分类,也许会好理解一些。譬如曹操有些佳作,不说是妇孺皆知,也是广为流传的,个中名句千百年来被广泛引用,但就这样的诗也不过是"下品"。想想会有很多诗,其实是不入流的。

此刻的我想起一首诗,是诗人北岛的《生活》。这首诗只有一个字:网。这就是20世纪80年代,那个特定的朦胧诗崛起的时代。那个时代是属于诗人的,诗人们就像导演一样,把时代当作一个人说了算的舞台。台词都是些定过性的名言警句,整个时代几乎都被他们重新命名了。记得我那时正处在一个读诗的年龄,完全相信诗人们所描绘的一切。他们就像哲人一样,成为一代人的精神导师。于是,《生活》这首诗就跟北岛的《我不相信》一样,让我感受到了震撼。可是,反思往往比相信更具有生命力,更能催人成熟起来。慢慢地,时间告诉我,"生活是一张网"不过是一个古老的比喻,毫无新意,但不管谁说出来,大家都会有同感。这样子作诗,虽然比"指鹿为马"温和了一些,但比它更滑稽。

对诗歌误读的第二件事情,就是给诗词分家。诗言志,词缘情。在中国的传统诗论里,这是很有影响力的一句话。特别是到了两宋时期,词的出现和创作成为一种时尚,关于诗和词的融合与分辨就非常激烈。这里最值得一提的就是词人李清照,她为此还专门写了一篇《词论》。这是给诗和词分家的典型案例。尤其是对辛弃疾、苏东坡等豪放派词人的指责，认为他们以诗为词，很不好。对于诗来说，词当然"别是一家"，不好合为一家的。她为此写过一首诗："生当作人杰，死亦为鬼雄。至今思项羽，不肯过江东。"这就是诗，表达的是一种志向、志气，可以是豪言壮语，慷慨激昂一些也是常态。而当你读到"物是人非事事休，欲语泪先流"和"笛里三弄，梅心惊破，多少春情意"，那就是词，是雅怨的、婉约的、清纯的、细腻的。两家怎么可以成为一家呢？

可是，李清照忽略了刘勰和钟嵘，忽略了《文心雕龙》和《诗品》。从刘勰、钟嵘到李清照，足足有五百年之多。刘勰的论文，虽然还是把文学与文章一锅烩，但已经给诗和文分了家，分门别类地区别开来讲各种文体的不同特点，各是各的，并不混论。在钟嵘那里更是完全不一样，他只谈文学，只谈诗歌，而且只谈五言诗。这丝毫也不影响他对诗歌的感觉。事实证明他的感觉是对的。在五言诗的时代里，钟嵘很敏感地意识到，诗是抒情的。他第一个站出来这样说，而且是站在一个历史的高度说的。他认为从《诗经》的四言诗以来，到当时的五言诗，那是诗歌的历史演变和发展。四言诗不是诗歌唯一不变的正体。随着时代的变化，到了魏晋南北朝时期，五言诗就应该要比四言诗更好，更应该居于文学的核心位置，更可以达到诗的极致："味之者无极，闻之者动心。"就像后来的唐诗宋词元曲一样，各种诗体当然可以各领风骚数百年。

这一点我们应该感谢钟嵘，是他把我们的眼光调整到跟时代同步延伸的时光中，当我们拥有了历史的眼光，同时也拥有了历史的视野，我们可以去眺望未来。因此，今天看来，包括五四以后的新诗也一样，都是诗歌在不同时代的样式而已。我们说，诗的样子可以变得更时尚一些，但诗的本质不会变，这叫变体不变质。诗始终是表达情感最有意味的形式。

这一点虽然是符号美学的核心理念，但把诗作为一种符号看的理念，还是有一定的本土适应性的。类似的说法，或者说这种思想的萌芽，早在刘勰的《文心雕龙》中就有了,他在论及诗歌的风骨时开篇就说:"《诗》总六义,风冠其首;斯乃化感之本源,志气之符契也。"这说明古人在欣赏诗歌的时候,已经很注重诗歌的"形式美"了。我们之所以大量引用西方的现代美学理论,甚至热衷于模仿西方现代派,是因为西方人一度以世界自居,而我们一度以西方为师。还有就是有些人所固有的思想陋习:厚古薄今疑无路,崇洋媚外茅店屋。

那么,诗词可以分家吗? 当然不能。我们没有理由这么做。宋朝的词是非常鼎盛的,也只有那个时候才会有人做这件事。李清照站出来主持诗词分家,但她给词的定义,跟刘勰、钟嵘对诗的定义如出一辙。这正应了那句古话:五百年前是一家。何以五百年后闹分家呢? 问题出就出在对"诗言志"的这个"志"的理解上。博尔赫斯是一个把诗歌研究得很通透的思想家,他说:"诗歌把文字带回到最初始的起源。"当然,我知道博尔赫斯说的是,文字在诗歌中得到恰当的运用,就有一种"宾至如归"的快感。就像唐代诗人贾岛提炼推敲一样,一个字在一首诗里,它是有生命的。用好了这首诗就可以活,用不好这首诗就得死。特别是在讲究平仄和押韵的格律诗词里,一个字的死活,事关一首诗的存亡。王安石有一句"春风又绿江南岸",其中的"绿"字据说是经过十几个字的推敲之后,才定下来的。诗人"吟安一个字,捻断数茎须",有时候甚至是"两句三年得,一吟双泪流"。在这里说点经验主义的话,一个字的活用,不是神化这个字,恰好是把这个字的本义给挖掘出来了。我在这里引用博尔赫斯的话,就是想找找两个字的起源。一个是"志"字的源头,《说文解字》里这样定义:"志,意也,心之所向,从心,之声。"一个是"情"字,《说文解字》是这样定义的:"情,人之阴气有欲者,从心,青声。"这两个字都是被定义为心气的,它们都是从心的。两个字稍稍有些区别的,就是给了"情"字一个阴面,而"志"没有给任何一面。也就是说,"志气"这东西可以向阳,也可以面阴,似乎比"情"字的包容度更大一些。如此一来,所谓的志气、情欲之别,都是后来的引申义。在原义上,词就是诗的一种。诗言志,词缘情只是一种互文的说法而已,本质上讲,此话可以两说,本家不可分置。

类似的看法反映到今天,就是新体诗和旧体诗的分别。或者说,是格律诗和自由诗的分别。一个是旧体诗的"旧",几千年的历史,简直可以说是太旧了,就像个垂暮的老人。尤其是格律诗,讲究格律声韵,又用文言文写作,限制太多,不利于人们抒发情感。可是,旧体诗的创作从来就没有停止过。除了毛泽东主席结合本人的革命经历,创作的那些鸿篇巨制,就像是皓月当空,照亮了这片古老的天空。还有很多人在不提倡旧体诗的时代背景下,仍然坚持创作。这个群体很有趣,有大学教授组成的创作社团,更多的是民间百姓自发组织的诗社。他们都是以旧体诗创作为主。有意思的是,四川大学的文学教授周啸天写旧体诗,还获得了第六届鲁迅文学奖。旧体诗的生命力依然旺盛,就像千年明月一样不老。

一个就是新体诗的"新",又显得太"新"了,算到今天,也就一百年的光景。跟千岁的老人比,仍然像个孩子。不过新诗功莫大焉,它是新文化运动的胜利硕果,特别是用白话文写作,这是用劳动人民的语言在创作,怎么可以轻言放弃?当时的新文化运动,涌现出了多少文坛宿将,创作出了多少优美诗篇。一百年来,新诗的天空也是繁星闪耀。郭沫若、闻一多、徐志摩、戴望舒、田间、艾青、贺敬之、何其芳、公刘、北岛、杨炼、海子、舒婷、昌耀等,还有很多诗人的名字,都会被唤醒,都会被罗列在这里。

"半轮明月照古今,一杯美酒醉寰宇。"诗中有月,异域同天;诗中有酒,老少同醉。诗歌无国界,诗歌也无新旧。我想郑重地告诉那些总想给诗分家的人,应该把重点放在诗歌本身上。我们究竟能创作出什么样的诗歌,而不是我们总能从诗歌那里分几杯羹,这才是问题的关键。相信博尔赫斯说的:"文学是一种会预言那个它缄默不语时代的艺术,它会用自己的美德进行战斗并会喜好自己解决战斗和追求它的目的。"我们的选择是相信诗歌,当然更相信我们自己。

第三个误读就是"不学诗,无以言"。这个问题的关键是,诗歌究竟有什么用。这是我们跳出审美的境界,把诗歌拿到社会层面上,给自己出的难题。当然,提出这个问题的人不多,回答这个问题的人却大有人在。孔夫子就是一个,他给出了四个字的答案——兴观群怨。其实还有一个字"识"。除去"兴怨"说的是诗歌的本质外,其他三个字都是在说诗歌的社会作用。"观"主要是考察、观察的意思,国家兴亡、世态炎凉、人情冷暖、风俗异同等,都可以通过诗歌反映出来。这也是官方为什么要采集诗歌、设置乐府的考量。诗教是德治的主要策略之一。"群"就是通过诗歌统一思想、达成共识,团结民众,凝聚人心。普遍地表现为结成诗社,搞诗歌朗诵,在宴会、外交和宣讲上引用诗歌名句等。至于"识",孔子认为"学诗"可以"多识于鸟兽草木之名",也就是说能够增添不少的自然知识。如此说来,学诗就不仅仅涉及历史的、政治的、社会的、自然的、哲学的,当然无所不及,无所不能了。所以说,在儒家的传统里,他们既提倡"不学礼,无以立";也特别重视"不学诗,无以言"。在他们看来,诗和礼是同等重要的两件大事,诗教和礼教从来都是相互依存、相辅相成的。当然,儒家看重的不是诗的本能,而是诗的功能。

所以,孔子旗帜鲜明地表明他不喜欢"郑声",理由就是"恶郑声以伤雅乐也"。那么,什么是雅乐?孔子给出了三个字的答案——思无邪。如果我们也按照这个思路来解读诗歌,从它的功能入手,追溯它的本能,也许就会发现,儒家其实也走到了定义诗歌的源头,看到了诗歌的源头活水。但是,儒家选择的不是定义诗歌,而是教化诗歌。

回过头再来看这个"言"字怎么理解,就会轻松许多。"言为心声",如果言不由衷,连做人都成问题,怎么会写出一首好诗呢?但也不能没有节制。孔子说:"诗书执礼,皆为雅言。"他还专门评价《关雎》这首诗"乐而不淫,哀而不伤"。后来,人们又把《国语·周语》里的"怨而不怒"也拿来说诗。传说中"文质彬彬"的上品佳作,就是那种既有文采,又能节制性情的诗歌。"雅怨"

就是这个意思,"雅"指文采,"怨"指性情。其实,这是完全符合儒家中庸思想的。但是,如果我们就此认为,儒家思想是诗歌的正统思想,那也是回答了博尔赫斯所说的第二个问题:我们只有在思考诗歌的意义的时候,才可以想起这些很"正"的思想。但是,对于儒家的"放郑声,远佞人"的说法,还是应持谨慎的态度,不可矫枉过正。

鲁迅先生有一篇《摩罗诗力说》的文章,专门就拜伦、雪莱、莱蒙托夫、普希金、裴多菲等西方诗人进行了较为系统的评论。鲁迅先生的评价包括介绍诗人的生平阅历、思想状况、创作方法,是那种既立传又树碑的模式,有点司马迁写《史记》的味道。在评价拜伦"重独立而爱自由"的浪漫主义诗歌创作风格时,鲁迅先生说:"苟奴隶立其前,必衷悲而疾视,衷悲所以哀其不幸,疾视所以怒其不争。"这句话的核心词是"衷悲而疾视",细细体味,这是很典型的西方式"雅怨"。

我在该读诗的年龄,就读过拜伦的诗,觉得他是一位佩剑的诗人,年轻帅气。当然诗人佩剑,在中国古代也是一种常态。奇怪的是,我能从拜伦的诗里读出他的年轻来。但是,我没有鲁迅先生读得那么通透、深刻。不过,我在想,拜伦也是一个很优秀的诗人,他的诗按钟嵘的标准,也是可以进入上品的。因为拜伦的"衷悲而疾视"的对象是奴隶们,奴隶们的"不幸、不争",他最终的结局还是"哀而不伤,怨而不怒"。

"盖文章,经国之大业,不朽之盛事。"曹丕也是从历史的角度、社会的角度来评价诗赋、散文和各类公文的。他虽然认为文章千古,但绝无随意拔高的意思。看过《典论·论文》的人,都会有一个基本的认同,那就是评价一个作家的作品,必须结合作家本人的创作实际,而不是展示评论家的学识见解。有些评论家动辄把时代和历史,贴膏药似的粘在作家的作品上。说话靠嗓门的人,才需要提高分贝。这样做的目的有三:一是想卖弄一下自己,二是想拿来吓唬读者,三是吓唬作家。这种评论其实很可怕。因为背后总藏着一个自诩为哲学家、政治家,至少是个伯乐的家伙。如果是那样,我建议做评论的人,先做个讲座的好。

　　面对这样的现实,我只能说,诗人在创作诗歌的时候,并不知道诗歌会给我们带来什么。但我们知道,只要我们还在写诗、读诗,我们就是幸福的、愉悦的。

　　柳向荣,宁夏作家协会会员,宁夏文艺评论家协会会员。

回到事物本身

——《榆钱儿》读后

◎杨风银

2020 年春天到来之前，一场疫情让我们猝不及防地落入一种困境。但我们也拥有了大量的时间回到日常，细细打量自己的生活和熟悉的事物。许多被我们冷淡过的事物重新回到了我们的意识里。

就是在这样特殊的时间，我收到了张铎先生刚出版的诗集《榆钱儿》。一本诗集在当下本不会太引起一个陌生人的注意，但"榆钱儿"这几个字具有一种摆脱不了的吸引力。它与我们内心深处的某些情绪有着一些天然的联系，这种关联是先天的，融在血液里，灌遍全身。

榆钱儿自身的魅力不全是我对诗集的阅读期待，当然我也无法否认"阅读契机"带来的结果。我不敢确信诗集会不会清晰叙述我们乡村生活记忆里的榆钱儿的片段。翻开书去品读，应该是对一本书的正确的态度。书里有许多意外和独特，《榆钱儿》激活了沉淀过的某些记忆，帮助我们回到了事物本身。

诗集《榆钱儿》让人回溯来时的路。

"邻居的孩子/拿着一块白面馍馍/他看着我咬了一口/越嚼馍馍越白/我咽着唾液/想象着那馍馍的滋味/瓦蓝瓦蓝的天，是那么高远"(《忆童年》)，我们对于生活的原初的体验，没有比缺憾更深刻的，但苦涩本身不会成为生命里必然的内容，它在生命的现场里留有自身的影子，而"瓦蓝瓦蓝的天"同样被我自己的生命意识所珍藏。单就诗歌技术而言，空间上的重叠丰富了诗歌表达的内容。简单到我们不用"实验般"萃取其结构里的秘密。诗人用这种"朴拙"的手法将一种个人历史中的片段表述出来，并且不进行修饰，成就的反而是一种风格。当然这里自然有诗人的秘密——写出生命体验里那些原生的感觉和记忆，这大概才是本意。诗歌本身的秘密比起生命体验来要矮小一些。这样就有了一种文本自生的张力。

这种不加修饰的"朴拙"如果仅仅是"朴拙"，它不一定具有强烈的艺术魅力。张铎这种貌似简朴的诗歌特点里暗藏深意，这种简朴让日常的事物回归到自身，进而让进入诗歌的人事承载的关于时间的痕迹显露了出来。写记忆有个现场的身影在，有个置于"多年后"的"自己"在；抒发情绪有过去了的遗失感，有回味里的怅然，有获得幸福的甜蜜等。这种对生命空间的拓展能力和情绪表达上的一种真诚让具有张铎气质的诗歌别具一格。

集子里有几首题曰《无题》的诗，很能体现张铎诗歌的一些特点。

　　小孩子
　　总爱与小孩子玩耍
　　年轻人
　　总爱与年轻人交往
　　而我随着年龄的增长
　　越来越不愿与同代人打交道
　　与年轻人交往不但受尊重
　　而且有一种安全感
　　与老年人交往不但受器重
　　而且有一种优越感
　　与同代人在一起

我觉得无话可说

与年轻人和老年人

在一起我有说不完话

　　　　——《无题》之一

一

不想和你说话

只想对牛弹琴

二

你身上

什么味都有

就是没有人味

三

人变成了鬼

比鬼还鬼

四

小时候

度日如年

而今度年如日

　　　　——《无题》之二

　　依据传统,无题诗最具魅力的地方在于它的朦胧和多义性上,张铎作为诗人应该对此谙熟于胸,但他"明知故犯":题曰"无题",诗歌表达上却直白至极,甚至在诗歌语言上有"犯忌"的嫌疑,将一些大众化的俗语不加琢饰地搬进了诗歌,诗歌语言上带有一种口语诗的特点。这种表面上有些偏执的做法可能与诗人的诗歌写作追求有关,事实上却成就了其简朴而深邃的抒写特点。

从诗歌用语特点上看, 这种做法其实也是诗人对待传统的一种态度。诗歌中的情绪都浅白,如果把这样的情绪置于我们所熟知的任何一个人身上都是有的,甚至在诗歌技法上也放肆地显现出朴拙的特点,诗人把本要表达隐晦的朦胧与多义诗体写成浅白的样子, 一定不是为了彰显一种土气,这是一种率真。

这种率真的诗歌在艺术特点上的非艺术化追求,有其生命体验里对时间结构的深刻体悟。基于生活变化的时间结构是其坚持心性自由的表现。生活本身就是一个不断变化的过程,在这个过程中,构成变化内容的是人性的丰富呈现,正确的态度应该是认真地去接近它的每一个阶段。

但这只能是对诗人的一个主观臆测,也一定很武断。

当算法开始左右消费趋向的时候,文学尤其是诗歌也开始被商业消费所左右。大数据时代这种基于内置偏好的在先设置,可能会将我们本身的阅读兴趣以排序的方式埋没掉,即不让它与它的读者见面,这时候不会是因为时间。虽然我们在历史传统里曾经长时间地相信时间会证明一切,但现在已然不一定了。作为与世界亲密沟通的个人终端,我们的手机里有太多因为我们浏览而被内置偏好推送出来的内容。算法让我们坐享其成,但不一定是我们真心需要的。

阅读供给方面的过于主动让我们变得慵懒起来。得出这一结论的前提是我们不去在意我们自身的主观能动性。这种被时代语境和科技降级了的能力反而会显得尤为珍贵。精神世界在需求上的丰富性并不会因为时间而轻易削减掉一些,我们在时间的洪流里应该对此深信不疑。这种精神需求上的满足会成为一种生产的动力, 从而也将会使其具有一个广阔的市场。

在这个意义和逻辑上,我们也可以武断地说:"诗的精神是不朽的!"因此,生产决定了的消费在一个更广阔的视域里,有着人类生存的精神需求前提。

张铎在诗歌精神或曰诗歌美学上的这种追求,在一定意义上体现和表达着诗歌历史的一种延续。它保留了诗歌对自然朴素这一母胎的原初印记。

《乡路》这样写:"出村的路只有一条/可越走越多/回村的路有很多条/可越走越少/少到只有一条/已经走了几百年的/黄色土路。"席勒说:"自然仍然是燃烧和温暖诗人灵魂的唯一火焰。"故乡是自然里属于人的最早的空间,这个空间里滞留过人类最远处的归属感。自然在其自身的演化进程中,雕琢着人的心智结构,这个心智结构也在完善的过程中加深着对自然的原初印记。我们曾经把故乡当作一个对象感伤过、追忆过,但也曾自大而高傲地认为它就是属于我们自己的,是我们生命印记的一部分。忘记了故乡作为自然朴素的一部分,成就了现在的我们,成就了我们对世界最初的认知,是我们精神世界的源头,所以说"黄色"和"土路"这样的词汇具有本质呈现的品质。诗歌在概念上如果成了这个样子,应该还是很可怕的,所以它必须还得有感性的表象:乡路!感情的表达,在诗歌里,融混在世俗里,才有了一副我们近乎熟悉的样子。

张铎诗歌给我们的印象大都是日常琐事。比如面对生活这样的高度抽象的概念,诗人反而很机巧地处理成了一个夫妻生活的小场景。

> 妻子又说自己老了
>
> 早晨梳头
>
> 突然发现一根根银发
>
> 她怔住了
>
> 不一会儿
>
> 眼泪无缘无故地
>
> 流了下来

　　我问道

　　你怎么了

　　她哭得更厉害了

　　隐隐约约记得

　　好长时间没有理她了

　　我有点内疚

　　心里嘀咕

　　一天瞎忙些什么

　　生活不是一个人的事

　　大家都得配合

　　于是,我向她道歉

　　没想到她举起双拳

　　捶着我的胸脯说

　　你坏,你坏

　　是啊,我的确坏

　　生生地忘记了

　　——你的存在

　　　　——《生活》

　　我们先不把它置于一种现代诗歌类别中去考察。诗歌对生活中普遍现象和事件的捕捉,又能在普遍的现象之上进行一次艺术化处理,让诗歌成为诗歌,就是一件显功力的事了。我们进入诗歌的结构就会发现:生活中的离散与聚合(或曰"疏离与亲密")因为时间而常在,基于时间的这种本质而让生活本身充满悲剧和哀伤的隐喻,"理"就是生命际遇的必然内容。生命原本就是关于时间的秘密,如果在时间的河里缺失了生命该有的内容,那么悲伤等就会填补进来。生活中的小温馨与生命中的大主题,通过诗歌结构化的组织，生发出了一种生活意义的追寻这样的大主题，我们不得不为这样的结构能力而心生敬意。同时，我们也能够从时间与主题的品质上发现其气质上的独特性。

张铎的诗歌在生活事件的俏皮与生命的严肃意义之间孕生出了张力。生活意义的发现借助生活事件承载的小幸福得以呈现，这应该不算什么大手笔，但这种貌似小巧的处理反而凸显的是对生活命题的深刻理解与挖掘。较之于小说，诗歌在表达艺术上要更注重对意义层面的揭示，哪怕是对瞬间画面的处理，都应该更具哲理。如果对《生活》中的画面进行一番分析，我们的脑海里出现这样的镜头：男人"葛优躺"，女人做家务，寂静无声；女人在镜子里看到了自己的白发，男人看到了女人眼里的泪水；女人捶着男人的胸脯说"你坏，你坏……"这是生活在时间里的内容，是诗歌呈现出来的表象。我们在这样的表象里，会幡然醒悟：生活里有些幸福已被我们忽视很久了，它们在时间里留下的痕迹却如白发般清晰可见。重新捡拾回来后的感觉就如"女人捶在男人的胸脯"一样，触到了"心底的痛"。时间留给人的沧桑感就是温馨而难以抚慰，毕竟我们错失了生命里太多该去珍惜而未去珍惜的珍贵东西。诗歌画面里充斥着这种太过丰裕的哀伤是诗歌情感的一种绝对力量。

张铎的诗歌直觉能将日常的事件构筑成一个感人的情感之源，这也是诗人张铎在处理因时间流逝而生成的记忆的哀伤。

　　　大哥小时候

　　　胆子小也不爱说话

　　　有一次玩耍一个同学用砖块

　　　砸破了我的头，血流了下来

　　　同学们的小脸都白了

　　　这时大哥发疯似的冲进人群

可是他没带我去包扎

只是不停地大声说

谁打了我弟弟，谁打了我弟弟……

说着，说着，他哭了起来

大哥一哭，我觉得头有点疼

也哭了起来

　　　　——《大哥》

对个人过往历史的记忆尽量去还原事件的原貌，任何的雕饰都是"违法"的。诗歌在对待事物（或曰事件）上也一定该遵循这样的规定，保持诗歌在情感上的原生力量，是一件高尚的事。诗人张铎在这一类题材诗歌的艺术处理上，遵从着这样的规律。不去夸饰的词语去转移事件本身的重心，不用刻意地修饰让事物本身发生走样，这里有诗人对生命本身尊重的痕迹。写大哥"不带我去包扎"，而是"冲进人群""不停地大声说"，说着说着"哭了起来"，这种不事雕琢的诗歌叙述，为"哭"和"疼"蓄足了势。当然这里也有技巧："冲进人群""大声说"，看上去一定要为弟弟出气，可是没有，只是"大声说"。这种杂糅了意外和情理的结构还原出了"大哥"只此一个，不同于其他任何一个。

意外和情理产生的张力成就了诗歌的强大感染力。

如果我们把张铎对常见事物的钟情归类为一种生活情趣或生命意识，那么张铎诗歌的韵味隽永就必须得有艺术的加持。回到常见事物本身，捕捉日常之于生命的意义，我们可以这样粗暴地说出张铎诗歌的特点和价值来，但在普遍的境地里是不具有说服力的。如果平淡是日常的核心内容，我们就必须清楚这样的事实：生命因时间而成为一个过程，过程里的遭际是生命的内容；遭际一定程度上带有未知的特点，大量的不可捉摸成就了丰富的生命，所以我们珍惜尘世之生。这些遭际里有生命对自身价值意义的追求，有对生命日常的基本满足，我们不把它们归结为欲望，因为日常告诉我们生命中许多的事件或事物，是我们必然遭遇的未知，就如乡村生活经验里有"扬场"，亲情关系里有"大哥"，行走里会"冲动"、会心跳，这些具有日常品质的人事，在时间的流逝中一点一点丰盈起来，等待敏感的心灵去发掘。被诗人写进诗歌的人、事、景，应该在诗人的意识里具备这样的理与象的关联之理。

事物本身的平淡成为诗歌之象的品质，也正是恢复了平常事物本身的品相，才让生命之程里的遭际以本真的样子呈现了出来。张铎诗歌让事物回归平淡，即让构成事件的人事回到各自发生的时间原点，让他们活在现场，不曾苍老。

自然简朴是中国诗歌美学的一个伟大的传统，张铎诗歌让这种美学传统有了自己的面相。

杨凤银，宁夏文艺评论家协会会员，灵武市一中高级教师。

芳原绿野上的纯真诗语

——读禹红霞《星辰的光芒》

◎董亚维

　　《星辰的光芒》是一部散文诗集,作品以爱与美、自由与心灵为主要内容,富有哲理性、思想性、艺术性。

　　泾源是一颗绿色的纽扣,镶嵌在旧羊皮袄般的黄土高原上,分外耀眼。森林、草地、溪流,相映成趣,摇曳生姿。在这方山清水秀的土地上有一位踽踽独行的诗人——禹红霞。她坚持用手中的笔记述生命的感悟,抒写爱与美的情怀,用诗和哲学标举自己对社会的反叛,对精神生活的皈依。

　　华兹华斯说:"诗是强烈情感的自然流露,它源于宁静中积累起来的情感。"禹红霞的内心充满温暖、光明与爱,由此俯察万物则"物皆着我之色彩""善良的春日""温静的枝头"(《这个春天》),"光明如装满阳光的玻璃杯"(《在梦想中沉沦》)。在此,那些平日里常见的事物都散发着耀眼的光芒,美得让人陌生,这既是诗人笔下的自然万物,更是"一枝一叶总关情"的真实世界。只是我们的身体被柴米油盐淹没在世俗的泥沼中,愈陷愈深,渐渐习惯了低头盘算待遇和位置,竟忘记了抬头仰望星空。我们的喜怒哀乐被外物操纵,容不得有一丝闲暇叩问心灵,过度放纵的欲望给事物蒙上了虚幻的假象。如此,那些自然的原始的本真的美悄悄溜走,渐行渐远,想追逐的人们反而在挣扎中,陷得更深,痛苦更深。诗人的做法,无疑给人指了一条直通精神家园的路,给心灵留下方寸之地,擦亮因泛起物欲的云翳而渐渐模糊的眼睛,便看得见"美是云的衣裳,星星的话语,玉米芯上的光芒,是鸟羽上的花纹,笔尖上的露珠"(《美的样子》)。

诗人并不只是躲在自己建立的想象的世外桃源谈美论哲写诗,而对外在生存环境的异化视而不见。《想念麦子》一诗中,"从什么时候起,农业只在纸上热烈,耕耘成为父辈的历史",表达出诗人对"三农"问题的忧思。诗人敏锐地察觉到,"从什么时候起,一首流行歌比农人几十年的收成还丰硕,人们追捧影星的姿势,比仰望星空的热情还高"。这是一场令人痛苦和纠结的博弈,一方面,人们追怀着悠扬的田园牧歌,生活节奏舒缓;另一方面,现代城市又使人们自发地追逐经济利益,满足物质欲望。在商业化和娱乐化挤得思想者无处立足的时代,追星早已成为奇异的精神迷狂。"这个季节,触摸不到亲切的麦芒,手中的面包和馒头失去了原始的味道",农村在剧烈变革中得到了充裕的食物,食物却也失去了令人印象深刻的没有农药化肥的味道。诗歌以"热爱粮食和阳光的纯情岁月"收束,仿佛一首挽歌,裂变中的故乡,大块麦田的面貌逐渐模糊,儿时的粮食香味再难寻觅,内心的乡愁早已无处安放。

诗人与这个时代有很深的疏离感。"在世事漫漫的洪流里,我只愿是一脉清流""这个时代太迅急,它的脚步在空中,在奔跑,在飞,极速地飞"。然而诗人的痛苦不止于此,"当无知的箭矢,射向知识的盾牌,我的眼睛忍不住迸发疼痛的电火",其感悟中有对现实的批判和警醒。无知并不可怕,可怕的是卖弄无知,甚至以无知攻击知识,这是人类文明的滑坡,诗人眼里的电火,正是信奉知识的人的悲哀与疼痛。"当权势的板斧,劈向正义的界碑,我的灵魂止不住涌出愤怒的波涛",这依然是沉重的话题,当社会中权势一次又一次向正义挑战,并屡屡得胜,弱者只会无助地抽泣吗?可能还有愤怒的波涛涌出,诗人的现实批判力度不可谓不强烈。

诗人也有着浓烈的悲悯感和救赎情怀,将视野扩展到全世界,当"河流在哭泣,道路还在渗着血",人类的命运多舛,前行的路上还有伤害和硝烟,"那么多的忧愤在裹紧我"时,"我的心告诉我,要好好握住笔,笔尖上的光芒是永恒的光芒"。这还是不够的,"我还要用我灵魂尖锐的喙,拔掉他们老化的羽毛，让他们在疼痛中蜕变重生"。想要在这个追求个人利益，理想、精神、良知屡遭嘲讽的时代，作为诗人，面对人类的灾难，能够好好握住笔，不失为一种担当。诗人在后记中说："'互联网＋'竞相呈现原始生命力的时代，我们能做什么？又能留住什么？"这是诗人留给我们的人生之问，诗人则用本于心性、缘于慧能、自由地行走在精神天地，破解这一疑问。在《用一只手怜悯另一只手》中，诗人用她的独特目光审视和洞察地球上的传染病毒、高科技武器、战争等一切皆可酿成人类灾难的因素，"不是文明的冲突""是人性的碎裂"。诗人站在最普遍意义的人性层面思索人类的苦难，"万物之灵长，宇宙之精华"的人，自己正在打开潘多拉魔盒，而从盒子里逃逸的人性之恶，或许是我们最大的敌人。诗人倡导用最宽容最博大的爱来弥合人性的裂痕。

叔本华说："要么孤独，要么庸俗。"诗人是孤独的，却不孤苦自怜，而是自喜于"相遇了孤独，就在诗中栖居""遇见了光芒，只与星辰永耀"。重要的不是写作的艺术，而是艺术的生活。能够享受孤独，诗意地活着，何尝不是一种生命的幸运。《我属于思想》呈现给读者的是一个高傲而自由的灵魂，在思想王国中尽情漫游，对时间的思考，对存在的追问。诗人对帕斯卡尔的那句名言——"人是一棵能思想的芦苇"理解至深，"当思停歇，我便丢失"。在现实生活中的个人，心灵角色的我与社会角色的我难免产生矛盾或冲突，但诗人已通过自省的觉悟，使世俗社会中孤独的自己和道德境界中超脱的自己和解。"我栽种的常青树像时间一样忠于我""你给世界的景色如风又如雪"诗人为自己立言，也为所有热爱生命、热爱世界的人们代言和祈祷。"我属于真实的万物，也居住在你灵魂至善的那一角""我的组成没有种族和国家，只有光和美、记忆和祝福的粒子""我有星空的浩渺，也有一把泥土的清香""我是永不消逝的光波，是你每一天想要完成的新生""我的世界是开放的伊甸园，我最终的目的是将伊甸园变为你们的家"在这祈语中，让灵魂在梦想中飞翔，渗透对世界美好的祝福。思想辽远而苍茫，是一种深重，更是一种力量，这力量来自于诗人对世界对万物深入骨髓的热爱，对人间真善美的守护。这热爱使诗人激情而感恩地关注时代,又幸福地栖居于诗的血脉。诗有时就是一种预言和谶语,给人一个神秘的启示,像神的寓言,让人根据这个寓言深思自己及人类的命运和未来,这是诗人潜在的意识和心理的自然呈现。为今世布道,为诗修行,借诗追求神圣或圣洁是为灵魂找到家,让自己的生命变得安详和明亮。

诗歌是对心灵的美化,哲学是对灵魂的治疗。《与苏格拉底》《与斯宾诺莎》《与康德》《与马克思》《与尼采》《与卢梭》等诗篇中,诗人尽情地想象自己与先哲相遇的场景,或是月明风清之夜,或是晨曦辉映之时,或在云间的彩虹,或在汹涌的风暴。从那闪烁着思想与理性光芒的诗句中,可以窥测,诗人对这些哲学家思想的理解并不肤浅,试图把哲学当作一种生活方式。这并不意味着诗人将哲学拉下"形而上"的神坛,坠入生活的尘埃,而是以一种精神修炼的方式对待生活,一面以心怀天下的灵光洞察人类的苦难,一面以涓涓流淌的心灵圣水洗刷人心上的尘垢。这样的生活迥异于那种习惯性的、凡俗的生活,是引导自己去体悟个人在世界中的存在,体悟"时间、智慧与生命的意义"。

禹红霞的诗不太注重语言的琢饰和技巧的运用,呈现给读者的是喷薄而出的强烈情感的思辨光芒,以其纯真的感情,冷峻的哲思,深深感染着读者。

董亚维,宁夏师范学院在读学生。

罄澄心以凝思，眇众虑而为言

——评薛青峰散文集《移动的故乡》

◎拜剑锋
◎李文静

薛青峰是西北不可忽视的一位作家，他经历了新中国历史上最动荡的岁月，早年以知识青年的身份上山下乡，投入广阔农村的建设之中。随后，又紧随时代的脉搏参军入伍。之后，转业扎根宁夏石嘴山市成为一名人民教师，这种多姿多彩的生命体验，使得他的散文整体上充满着漂泊者的伤感。正如作者自己所言："没有体味个人坎坷命运和民族苦难历史的心灵，怎么能有珍惜时代进步的美好感情呢？"

纵观整部散文集，我们不难发现，篇什之中充满了时代的印记，既有早年凝思的"旧文"，也有近期创作的"新作"。通读《移动的故乡》，仿佛让读者置身于历史的长河中尽情地畅游，感受着一个大器晚成的老作家那颗热情似火的滚烫之心。

古人有云："西北多山，故其人重厚朴鲁。"薛青峰为人为文当得起"重厚朴鲁"四字。从青年时期就开始的文学创作经验，是薛青峰文字历久弥新的重要保障之一，这既锻炼了他对审美意象恰到好处的把握，同时也让他的散文语言洗尽铅华尽显本真，毫无矫揉造作之感。现在，让我们一起来认识一下薛青峰散文所展现的真与美。

一、诗化的语言

在《移动的故乡》这部散文集中，我们需要以电影的画面式回放来回顾一下他的喜怒哀乐。例如文中说"我是藏民阿妈用漏斗在通天河里捞上来的一条小鱼，吃了藏民阿妈的奶，就长成了一个带小把把的'黑尕娃'"；"半大小子，吃死老子"；"母亲背着我，在田野上挖野菜"；"在摄影师按下快门的一瞬间，我却将笑容关闭了。这是我珍藏学生时代最后的照片"；"1977年，我成为最后一批插队青年"；我新婚不久，母亲来看我，为我刷过一次夜壶，使我的妻子羞愧难当"；"……我的女儿一岁了"；"我现在在一所大学教书"；"飞雪漫漫，使苍凉的群山渐渐失去了粗糙与峥嵘，连绵起伏的视线中缓缓升起洁净与温柔，逶迤的山路在白雪皑皑的天地间向前展开"……通过这些不连贯，但又缀玉连珠的片段，我们似乎已经可以勾勒出一幅幅作者穿越历史长河时的动人画面。从作者的表述中，我们可以品味到，诗化的语言、质朴的西北民族风情以及深厚宽广的文化内涵，都凝聚在其散文之中。

薛青峰的散文语言多以直白、质朴见长，但在中规中矩的语言表述中却不失灵动与诗性，这就形成了较为独特的语言表述方式。陈剑晖在《中国散文理论存在的问题及其跨越》中直言："讨论散文到底是什么，散文应有怎样的艺术表述，特别是提倡散文的诗化，所有这些，都促使散文由朴素直白的客观记叙向倾向自我主观抒情体制转移，这就提升了散文的审美功能，并预示着散文向'五四'时期的'美文'传统靠拢的可能。"薛青峰的散文也同样有着此种向美文传统靠拢的趋势，但可喜的是，薛青峰散文并没有"由质朴直白的客观记叙向倾向自我主观抒情体制转移"，这主要是因为薛青峰散文与众不同的创作模式。我们不妨来看看薛青峰散文的语言魅力，如"一炷香合为两炷香在我手中升起，袅袅青烟，我觉得就是童年放学后远远看到的屋脊上的炊烟"；"夕阳给了河流绚烂的金辉，我的身上就裹着金子般灿烂的梦境"；"我就想骑在蝴蝶透明的翅膀上，伸手可触蓝蓝的天，抓一缕轻轻的白云"；"父亲是一艘到岸的大船，我仍是一叶颠簸的小舟。岁月将该载走的都载走了，留下的只有一片汪洋和自己选择的航道"；"走出屋子，八月的月光像橘子水似的洒在身上"；"向晚炊烟香如玉"；"父亲像一眼深井，用多长的井绳才能把那甘甜的感情打捞上来"；"银圆掉在地上，'当啷当啷'响。我突然听到一种年深月久的声音"等。

这样诗化的语句，在整部散文集中比比皆是。然而，这种看似零散的诗化语句，却集腋成裘，在无意之间织就了一个无与伦比的"诗的国度"。能有这样的效果，笔者将其归因于薛青峰性格当中实话实说的军人情结。法国美学家丹纳曾提出文学创作与发展的"三要素论"（种族、环境、时代），并认为："作品的产生取决于时代精神和周围的风俗。"作者所处的时代和环境，使其作品留有那个时代的特殊印记。

20 世纪 70 年代末 80 年代初，"这一时期国内一些文艺报刊陆续刊登了一些探索散文特征和创作规律的文章，特别是 1980 年前后，巴金连续发表了《说真话》《再论说真话》《写真话》等文"，散文创作之风回到一个"真"字上来。这一时期"巴金力倡散文要说真话，抒真情，要'把心交给读者'。这些无疑都是一个有良知作家的肺腑之声，因此巴金的'真话论'一出，立刻获得散文家和散文研究者的广泛认同"。毫无疑问，薛青峰就是这样一个践行"真话论"的散文创作家。

但是，如何让这种"真话"使读者阅读起来既能感受到作者字里行间的真情实感，又能享受散文语言的无限美妙？这是薛青峰在多年坚持不懈的创作实践中另辟出的一条蹊径。"用诗化的语言表述来展现直白、质朴的感情"，从这一点上来看，薛青峰的散文在当代文坛中有着别具一格的审美风貌。

二、意味深远的篇章结尾

于一般的散文创作者而言，散文的写作过程往往是信马由缰式的自说自话，感情延伸到哪里，笔端的文字就会流淌到哪里，很少有章法可言。然而，在读完薛青峰的散文集后，我们会有这样一种感受：薛青峰的散文，在字里行间不仅洋溢着灼热的激情,同时也葆有清晰的思考,尤其见于"意味深远的篇章结尾"。例如"夜晚,母亲坐在煤油灯旁给我父亲做鞋。母亲纳的鞋底特别结实,一针一线都是思念。两年后,我出生";"父亲当着我们兄妹的面给了母亲一记耳光。母亲哭着跑进里屋。这让我开始对父亲有了记恨";"等待的过程已经给我的生命调配好了浓浓的色彩";"现在,我从我的学生身上看到我的过去,他们能从现在的我,看到自己的将来吗";"所有的回忆都带有挽歌气息,无论什么内容的回忆";"甜姐,笑吧,笑比哭好";"物质的人一般都是这样的结局";"你不要说父亲撵你啊! 也不要让时间嘲笑自己";"岁月的底色就在眼前。最终,还是一个日出日落";"我在箱子里找到了结局,就把箱子盖上了";"母亲缓缓摘下架在鼻梁上的老花镜,长久地看着我……";"为什么记住人的好那么难呢";"记忆中的苦日子已像窗外的白云,淡淡的,远远地飘去";"笔记本记了一半,后面是空白",此处一语双关的表述,既有抑有扬,又给读者留下了无尽的遐想空间;再如"关于父亲,我什么都不能说了",这样欲说还休的结尾,使"父亲"的形象于此结尾处变得无比鲜活起来。

从以上摘录的几则散文结尾我们可以看出,在文章的构思上,薛青峰绝不是"以情驭文"或"以理摄文",而是两者兼有——情理结合。这和作者自身的行文习惯、表现方式有关,当然也不可忽略作者所处的环境。作为一名高校教师,在给学生讲述写作时,势必要讲到文章构思,那么,画龙点睛式的标题,以及引人入胜的文章开头,如何让读者产生流连忘返,继续深入阅读的兴趣? 这无疑就是文章结尾的重要作用所在。

对"意味深远的篇章结尾"的精心处理,让我们从另一个侧面看到了薛青峰散文创作过程中无处不在的闪光点,这种别出心裁的文章结尾处理方式值得我们不断学习和借鉴。

三、求生问死式的生命忧患

回顾人类命运的发展史,我们不难看到,人类与其他物种的最大不同就在于对自身迷茫与困惑的不断总结与思考,其中最为重要的一个命题就是"生和死"。梦也认为:"从一般意义上说,作家介入文化是不自觉的,他的嗅觉全部来自对生活和童年经验的占有。"这样独特的生命体验也同样展现在薛青峰的身上。熟悉薛青峰文字的人都知道,由于生在陕西大荔,先后迁至青海、宁夏,这样广阔的个人游历与丰富的人生经历,为他后来的散文创作奠定了坚实的生活基础。

对于一个长时间漂泊的作家而言,游离于故乡之外,生命的不断追问也就显得情有可原。对生死的态度,是一个作家深入思考的开始。因此,我们不妨领略一下薛青峰对生死的各种认识:"每当站在父母墓前,我就想,生死是一种割舍,死亡是不是一种剪断? 我多次问,多次说,不";"洗脚是为去世的父亲送别的仪式,是用眼泪打湿的仪式,是每个男人迟早都会遇到的生死仪式。但没有经过生死离别,眼泪是不会化成文字的";"人这一辈子找到生命的归宿其实很难";"葬礼是乡村重大的节日,热闹非凡。这是生命终结的庆典";"挥手之间,生死离别"……作者所经历过的那些数不清、说不尽的磨难一次次犹如浪潮般涌入读者心房,让散文充满救赎的味道。

梦也曾在《自然与文化的重叠》中说:"散文是用心流出的语言。散文的实质在于它的核心:思想。"对此观点,笔者在读过《移动的故乡》这部散文集后,深表赞同。"人不能同时踏进两条河流。生命的激流和生活的潜流永远不可能汇合。"当一个作家在用文字表达自己的内心时,这不仅仅是一种个人感情的流露,更多的是一种自我思想的抒发,例如我们经常看到的抒情散文,但是纵综观历代优秀散文,其最为后人称道的皆是文字背后闪耀着的思想光辉。

"一篇散文,与其他文学样式一样,最终需要思想的蔓延,需要照亮人类精神价值的东西,缺乏思想的艺术是苍白贫乏的艺术,语言的堆砌和材料的拥挤至多只能给人提供文本的信息。"可喜的是,通过薛青峰的散文集,我们可以明显地感受到作家不是为了写作而写作,而是为了抒发郁结于胸中的情感而写作,这种带有情感的写作饱含着作者对生命意识的深刻思考,具有较深的哲学思辨意义。

在无尽的生与死的循环思考之中,作者也及时地进行着自我排解,他在文集中说:"追求生命,不企求长短,但希冀质量,希冀长寿而深刻,只要健康,心中拥有希望,富足与快乐就会天天伴随。"

四、伸手即来的中外引用

明朝的李贽在《焚书·杂说》中说:"借他人酒杯,浇自己块垒。"以他人的表达展现自己的内心所想所思。因为在日常生活中,我们常常会有这样一种感觉,自己想表达的意思,怎么也不能用语言准确地表达出来,但看到别人的一句话就恰到好处地说出了自己的想法。在这种情况下,我们为了表达自己的情感,最好的方法就是把别人的句子"拿来",进行引用。

在薛青峰的散文中,我们也经常能够看到这样的句子。然而,这种引用,既不呆板,又正好表达了我们内心说不出的话;既解决了自己表述上的难题,同时也让读者看到了前人对同样的感情或者事物超越时空的感受。

种种引用既有中国古代、现当代人的智慧,也不缺乏外国作家跨越空间的优美文字。"土豆烧牛肉"这句话出自毛泽东诗词《念奴娇·鸟儿问答》:还有吃的,土豆熟了,再加牛肉。";"莫言在《讲故事的人》里谈到自己被人嘲笑时母亲的一句话:"儿子,你不丑。你不缺鼻子不缺眼,四肢健全,丑在哪里?而且,只要你心存善良,多做好事,即便是丑,也能变成美。";"子欲养而亲不待";"一首《乡恋》成全了我对石炭井的怀念:'你的声音,你的歌声……我的情爱,我的美梦。'";"作家李存葆的小说《山中,那十九座坟茔》";"年迈的书迷慢慢地摘下老花镜,庄重地说:'人的追求就是一种寄托,学海无涯是人生最崇高的追求。'";"野火烧不尽,春风吹又生。";"万里悲秋常作客,百年多病独登台。艰难苦恨繁霜鬓,潦倒新停浊酒杯。";"月华澄有象,诗思在无形。";"圆满光华不磨莹,挂在青天是我心。";"三五夜中新月

101

色,二千里外故人心。";"不敢高声语,恐惊天上人。";"古罗马政治家、哲学家塞涅卡说:'无知的闲暇莫过于死亡,等于生存的坟墓'";"梁实秋先生在《孩子》一文中说:'孩子是一家之主,父母都要孝他。'";"《本草纲目》记载,银具有'安心脏、安心神、止惊悸、除邪气'作用。"《艾青诗选》《忏悔录》《马克思恩格斯全集》《二十四史》《大风歌》《郑伯克段于鄢》《三字经》《苏东坡传》《论语别裁》《匆匆》《读书示小妹生日书》等书中的文字都在他的作品中时有出现。种种形式的写作不一而足,既有诙谐的自我调侃,又有表情达意、追远的无尽凝思。这种"变相"的表达方式,一方面让我们不断领略到优美文字的魅力,同时也让我们看到了薛青峰饱读中外书籍的修养,以及他兢兢业业、刻苦积累的勤奋之功。

五、"嗜"红如命的独特体验

散文,是作家用语言勾勒出的神奇王国,如何将这个王国装扮得五彩斑斓?"色彩语言"便应运而生。

美国学者奥尔德里奇认为:"艺术家进行再现的方式在一定程度上有赖于他观看事物的方式。"在薛青峰的散文中,我们经常看到一些关于色彩的表述。例如"书包是用碎布拼凑起来的,五颜六色";"墙壁被熏黑了,衬托出姑姑满头的白发";"母亲的悠悠白发浸染在一碗又一碗油茶面中";"还有,那个泛着金色光泽的铜火锅";"纱布下流出乳黄色的琼浆";"母亲给我做了一件蓝色条绒外套,暗纽扣,新款式";"麦浪滚滚,碧绿无边,闻不到一丝坟茔的气息"……作者用各种各样的色彩,为读者营造了一个五彩斑斓的"色彩王国",就连作者自己也无限感慨地说:"一个色调的变化要经过多少岁月的熏染啊。"可能也只有情感异常丰富多彩的人,才能如此不遗余力地渲染出这样一个多姿多彩的世界吧。

无独有偶,这种用不同"色彩语言"展现五彩缤纷的文学之美的现象,在过去的文学创作中也曾被其他作家使用。例如诺贝尔文学奖获得者莫言先生《透明的红萝卜》《红高粱》等作品。与莫言相同，薛青峰也对红色有着近乎痴迷的爱好。例如"红色塑料桶里有四百棵红薯苗"；"锅底下红红的柴火"；"红色子弟"；"小白兔的两个眼睛是用红枣点缀的"；"镜架给母亲的鼻翼添了两个红红的深印"；"血渗出头巾，已经凝固成紫褐色的了"；"母亲使足了劲，脸涨得通红"；"祖母端坐在上房那张绛红色的太师椅上"；"隔一夜指甲就变成红色的"；"紫红色的士兵证上保存着父亲的呼吸"；"我可以读到父亲一颗红亮的心，是献给毛泽东的"；"打开'红灯'牌收音机"；"改变中国人命运的红手印"；"家里有一只红木箱子，伴随着父亲度过了军旅生涯"；"那是一个黄色的包，上面用红色的丝线绣着三个字"；"书包里只容许装一本红彤彤的《毛主席语录》"；"天安门徐徐升起的五星红旗……"

我们尽可能通过作者的笔调来追寻产生这种心理的具体原因。首先，薛青峰是根正苗红的"红二代"，通过作者文字的记录，我们知道其父是一名正直的解放军军官，一生坚守边疆，保家卫国。因此，薛青峰的身上存在着"红色的基因"，这种爱国、爱家、爱事业的决心，一如这种颜色一样深刻和热烈。其次，与薛青峰早期所处的时代息息相关，在整部散文集中，大多记录着作者早年间的所思、所闻，当时的整个时代都充盈着积极、向上、进取、奔放的火热情感。最后，与作者善于观察和思考，热爱生命和生活的丰富情感有关。在笔者看来，这种对各种颜色，尤其"红色"如此酷爱的写作视野，需要后来的研究者重点评述。

六、独树一帜的创作理念

薛青峰将自己的散文集最终定名为《移动的故乡》，其寓意可谓深远。这部散文集不同于一般的散文集，因为它自始至终散发着拙朴的芬芳，充满着日常生活的零碎之美。

自2005年以来，作者以较为独特的身份发表了一系列饱含真情实感又充满异域风情的散文而广受关注，众多评论家与诗歌、散文创作者均对其散文进行了评点,由此可见,薛青峰散文成就很高。"创作始于冲突……"这里主要是指作者始终处于内心的冲突之中,即难以抑制激越的情绪,非得一吐为快,而投入创作。这种无限的创作欲是因为写作者内心冲突所致,很多时候表现为作者内心情感的外放。在薛青峰散文中,我们既看不到无病呻吟的做作,也看不到其为写作而写作的"无中生有","缘事而发""因情而叹"是其散文创作的根本。

对于已年过六十岁的薛青峰而言,写作已近乎成了他的生活方式和使命担当。他散文创作的勤奋和自觉,令时下的许多年轻作家感到由衷的敬畏。从事散文创作四十余年,他一直笔耕不辍,眼前《移动的故乡》这部散文集就是最好的例证。是什么原因让作者具有如此长久的激情呢?我们不妨通过作者的笔触来感受一番:"最初的写作,就是为了改变。""写作是我倾诉的一种方式,是我生命的河流。"在这里,写作对于作者而言,既是为了某些"不足为外人道"的改变,更是为了向生活之外的人做精彩的诉说,甚至成为其生命得以延续的重要保障,这种热爱、敬爱写作的精神是无比珍贵的。

梁向阳曾说:"'西北散文'是西北人及西北的进入者表现特定地域风情文化、书写心灵情感、传达人文思考的散文形式。"而薛青峰散文则是此种观点的独特诠释,因为在薛青峰看来,文学作品不应以获得如何多的奖项为终极目标,应承担起"我手写我口,我口说我心"的作用。为了表情达意、促进社会的和谐健康发展,"作为传达'西北人'情感与精神的'西北散文',有责任也有义务来更多地承担回应社会风尚、思考社会人生的人文关怀功能"。薛青峰的散文正是充满着这种浓烈的情怀。

在《娘的身世》《家事钩沉》《记住人家的好》《饮水思源》等篇目中,作者运用"问答式"的方式来抒发自我的所见所闻、所想所思,在笔者看来这应该是散文书写中的一种新形式。

除此之外,我们还可以看到,散文集中有许多篇目在不断地使用复调式的叙述方式,通过这种循环往复的螺旋式叙述模式,不断加深读者对同一件事的深刻印象。这种表达方式看起来是一种简单的重复,可是经过作者不断的重复,让我们读过整部散文集后,不只是简简单单地留下一声叹息,而在脑海之中留下了许许多多的美好记忆。也正是这种复调式的叙述,加深了薛青峰这个时常缅怀故土,但又身在漂泊中的游子形象。

"故乡"是薛青峰最念念不忘的一个词。在普通人眼里故乡可能只是对生我养我土地的一种概括,但在薛青峰笔下,故乡俨然成为一种文化符号,一种游子时刻缅怀的精神烙印。通过众多散落在记忆中的人、事、物,勾勒出一幅真切的故乡剪影。不仅如此,薛青峰笔下的故乡是流动着的,因为作者不仅仅有"一个故乡"。这种宽博的爱和无边的故乡情结,读者更加深入地体会到了作者笔下那份浓得化不开的思念。

"对于大多数的西北散文作家而言,他们更擅长于对西北自然景观、地域风情的描摹与刻画,来传达简单的心灵感受。"如薛青峰散文所述:"薄暮降临,雨水浸湿了故乡的土地。我枕着乡音般的雨声进入梦乡。""'咕咕——咕咕',布谷鸟在给我传递着难舍的乡情。"由此可见,薛青峰散文同样也擅长这样的表达。

七、结语

"由于文化视野的偏狭,大多数的西北散文作家对于家乡有种较为朴素而且偏执的礼赞情结。"薛青峰散文同样表露着这样的情结。综观薛青峰的这部散文集,我们还可以看到,其创作的视野很开阔,但因为过于碎片化,很难突出主题。

我们在欣赏薛青峰散文的过程中,也需要看到作者有待改进的地方,在散文集的个别篇目上,作者侧重叙述和追寻,而稍欠思想的深度和厚度,理论高度和思想的深度有待提高。由于篇幅所限,有些文字没有对他所需要阐述的思想和观点展开详细论述,或多或少地影响了文章的表现力。然而,这一切都瑕不掩瑜,很难遮挡薛青峰散文的美与真。薛青峰散文是否还可以精益求精？我们愿将这样美好的希冀寄托于作者散文集的再度出版。

我们之所以跟随薛青峰的时光之笔回望过去，是为了在未来的日子里更好地努力。我们期待更多的读者用心走进薛青峰苦心经营的这片"移动的故乡"中来，共同领略他的成长史和岁月在一位文学爱好者身上的馈赠。恰如作者所言："时间最公正，它只为优秀者喝彩。"但愿，读了这部散文集的人们，能够通过薛青峰"走心"的文字，在纷繁杂乱的物质社会，找到心灵的抚慰。把这份故乡记忆与岁月同享，由此，回望过去，展望未来。

如果我们愿意以一颗平静、沉寂的心去品读薛青峰的文字，就会更加深入地理解薛青峰散文创作在宁夏文学界，乃至西北文坛中不可或缺的重要价值。

拜剑锋，宁夏理工学院教师，宁夏文艺评论家协会会员。
李文静，宁夏理工学院教师，宁夏文艺评论家协会会员。

期望或在冬至回暖

——试评秦中全小说《摘穷帽》

◎李海潮

　　秦中全是陕西秦川大地上出生的作家,自幼在文化底蕴厚重的土地上学长见识。及长,站在峁塬之上,眺望羊群和白云,吼几嗓子秦腔的愿望开始萌动;守在城墙下,听评书渐入痴迷,表达思想的种子潜滋暗长。18岁来宁夏当兵,军营生活是他一生难得的必修课。1982年无疑是个分水岭,是他人生履历中的驿站。是年,他在第二故乡——宁夏中宁县某乡镇参加工作,安居乐业。从陕西到宁夏,地理风貌、乡土人情、民风民俗、语言结构等均有较大差别,给成长的他很大的视觉、味觉、嗅觉刺激。毋庸置疑,在中宁,他对事物的感知,比本土作者更为新鲜深刻。

　　我试图从小说的结构、细节、语言三个维度进行评论。

　　小说《摘穷帽》从冬至吃饺子开始。作者刻意选取中国传统节气——冬至,作为故事的时代背景和人物出场的自然环境。冬至来临,对懒汉或穷人来讲,饥寒交迫的生活就挤进了家门。但二蛋在冬至这天喜出望外:住进了新房子,架上了火炉子,吃上了肉饺子,过上了好日子,屋外圈棚里圈着20只羊。屋子敞亮暖和,心情愉悦,一不留神,饺子就吃多了。现在后悔也来不及了,撑得满院子转圈,蹦跳,就差手舞足蹈了。这是帮助消化的物理方法,或许是穷汉乍富的真实表露。尽管院子里没有一个观众,但二蛋就是自己忠实的铁杆粉丝。时代变了，光阴好了，冬至成了光棍汉告别难肠日子的分水岭。结构上可以认为这是倒叙。接下来，作者撇开一笔，中断了二蛋吃饺子后到哪里去的叙述，而是写起了二蛋从哪里来，介绍他的成长过往，插入家庭组成、生活境遇、留守村庄的难堪。作者给读者留下了悬念，或者说卖了个关子。不错，二蛋的确吃撑了！在工笔描摹了二蛋吃饺子前后应有的亢奋表情、内心感受后，以"一直到天快亮的时候，才迷迷糊糊地躺在炕上"收笔。贪吃，是对过去苦日子的控诉和诅咒，对贫困生活的无情揭露和鞭笞，亦是对今天幸福生活的客观肯定，对明天生活的无限憧憬。二蛋终于走出了贫困生活的至暗时刻，可以和破房子、旧村庄挥手说"再见"了。以小见大，以一斑而窥全豹，影射了中国农村贫困地区，解决"两不愁三保障"工作已初见成效，驶入了全面奔小康的快车道。

文学即人学，把人物刻画好了，情节就会产生强烈的感染力。冬至前后，男主角二蛋判若两人。原来木讷寡言，原因是肚中饥饿，没力气走路说话，现实生活是"弱国无外交"，穷人无朋友。现在生活有了各项保障，幼年的活泼可爱在冬至之后，在二蛋身上陡然迸发了，二蛋变得聪明伶俐了。试看两个突出细节：

细节一，"二蛋见村书记根旺来了，忙从炕上跳下来，拉开抽屉递烟……"

细节二，二蛋大胆求爱："我说陈寡妇，要不，我和你配对咋样？"

马克思在《资本论》中说过，当一个人解决了基本温饱问题之后，就有了追求精神生活的需求。这一点符合生活逻辑，符合30多岁光棍汉的生理需求。二蛋表达爱情是突然的，朴实的，也是诚恳的。作者安排二蛋把握好和陈寡妇一起搭车去领低保金这个机会，主动进攻，吐露真情，也考虑了陈寡妇多年缺少安全感，还带着两个未成年的孩子。表面看，二蛋似乎很坏，很无赖，很粗鲁。但这是特定时期、特定环境中，特定人物的特殊定位，是中国式爱情的有机组成部分。抱团取暖，搭伴求财，让彼此看到了需要的东西和团结的力量。面对二蛋的追求，陈寡妇先是羞涩，再是轻轻"敲打"二蛋两下，没有直接表态。沉默数分钟，陈寡妇主动做东，请二蛋到集镇上吃手工长面,还给二蛋买了件衣服！如果说吃肉饺子是幸福的,那么爱情来敲门,洞房花烛夜,将二蛋,附带陈寡妇推上了幸福的巅峰。二蛋不傻,忙忙提出给陈寡妇的两个孩子买一箱牛奶,再买点肉。将两个年幼没爹的孩子视如己出。当陈寡妇坦然说"不知钱够不够"时,二蛋果断说:"没事,我有！"体现了男人应有的机智和担当。

正是因为作者长期生活在农村,走乡串户和农民打交道,对乡村生活熟稔,才艺术地再现了乡村爱情,记录了特定乡村生活的嬗变。这段对话洗练,情节的立体感很强,人物描写得栩栩如生,一下子激发了读者的阅读欲望。

《摘穷帽》中合理使用了一些有血有肉的乡村"大白话",即白描手法,为小说增添了乡土韵味,开启了读者的欣赏之窗。如"买了 20 只羊,19 只和你一样(母羊),只有 1 只和我一样(公羊)""常言说得好,多了多花,少了少花""比起吃皇粮的,一个月几千的退休金来说,低保这几个钱也真干不了大事"。

我以为,该小说还有许多值得商榷探讨的地方。

首先,为了表现乡村脱贫攻坚的代表性,后面续写了代销点购买转基因食品,非但没有凸显故事的完整性,将小说推向高潮,反而显得拖沓、画蛇添足。

其次,在叙述情节方面,不够细腻。如村支书在二蛋不知情的情况下给办下了低保,来家中催促领钱,不符合低保审批程序,犯了常识性错误。

最后,虽然小说中人物的名字起得好,如二蛋、根旺,突出了时代特点和小农意识,贴上了乡村标签,但小说名字欠斟酌,太直白,内涵不够丰厚。

以上是我对小说《摘穷帽》的认知或阅读心得。小说需要再次打磨,因为我的作品也属这一类。

李海潮,宁夏作家协会会员,鲁院西海固作家研修班学员。

田园风光与命运旋律的交响

——杨军民小说论

◎马君成

"严肃啊,人生!明朗啊,艺术!"在阅读杨军民小说时,我一直在品味着席勒的这句名言,更通俗地说,艺术源于生活,而高于生活。在重温这个基本观点的前提下,本文将对杨军民的小说创作试作粗浅的梳理。

杨军民的小说创作大致可分为两个阶段。第一个阶段主要是在瓷厂工作时的创作,这时候他生活稳定,事业有成,心境平和,作品细腻动人,朴实无华,宁静而安逸,流淌出浓郁抒情的韵律,犹如F大调《第六交响曲》(《田园交响曲》)。第二个阶段主要是颠沛流离中的创作,这时他体验到更多的人间悲欢,心境苍凉,开始对社会人生进行深刻思考。这一时期,他的作品充满了强烈的批判色彩,如贝多芬的《命运交响曲》,用强有力的音符敲击着读者心灵,仿佛是"命运在敲门"。

一、田园交响曲

把小说写得诗意唯美,最能考验作家的文字功底、艺术才情。杨军民这类作品中最具代表性的是《汭河叙事》。这些乡土题材的作品构思精巧,诗意恬淡。他说,这些作品"都在写故乡、写童年、写父母,那是我写作的动力和源泉,每一次写到他们,我心中充满了欢愉和感动"。(杨军民《在文字的波光里荡漾》)在我看来,这些作品都是他的田园交响曲。

《汭河叙事》开头大段大段地写景,把汭河地区的田园风光如诗如画地描绘出来,把那里的河水、蔬菜、庄稼、早晨、傍晚、果树都描写得充满了勃勃生机,在读者面前展开一幅田园风光的长卷。这些贫穷和苦难附着了作者的生命意趣,打上了生命的亮色,充满着生活的希望,字里行间流淌着对美好生活的向往,以及生长的活力,生命的欢快。从生动的描写中足以看出作家扎实的农村生活体验,细致入微的观察,活泼生动的表述。故事很简单,穷人家孩子根娃穿了一双新鞋,朋友来约,来不及换下,结果在玩耍时掉到草丛里,天色渐晚,大家帮忙寻找却没有结果。他回家太晚又丢了鞋,不敢进屋,在狗窝里睡着了。而与根娃最好的朋友司令在等根娃回家后用手电发信号,不慎掉进了沟里,摔断了腿。奶奶拿出自己准备过七十大寿的布料,在一夜之间为孙子赶做了一双鞋,以便孩子在第二天上学时能有鞋穿。这里有穷人家生活的艰辛,父亲的粗暴,母亲和奶奶的慈爱,"司令"的义气,人物形象饱满,性格突出。

随着时代的发展,这种如诗如画的田园风光虽在,当年人们那种欣赏自然、陶醉于静谧田园风光的朴素心态已不复存在,那种乡村野趣,那种孩子之间的纯真快乐,那种成人之间的纯朴大度都成为曾经的记忆,现在无论是成长于农村还是城市的孩子们都很难理解。我们曾经那样的方式生活,杨军民以小说文本的方式为我们保留了一份美好的念想。

二、命运交响曲

在人生遭遇上,杨军民曾经安身立命于一家瓷厂,这个工厂占据了半个城的地理空间和大部分心理空间,风光、荣耀滋润了他青年时代的生活,寄存了他的人生理想和乌邦托式的爱情,但随着时代发展,这一切美好都成了过眼云烟。所谓悲剧就是把美好撕碎了给人看。瓷厂倒闭了,工友们四散,他也为了前程四处奔波。对于多数工人来说,安身立命的工作丢掉了,一切都得从头再来,那种心理打击和辛酸,是难以言表的。多年后的重逢已是"物是人非事事休,欲语泪先流"。有这种经历的作家,无不把生活的这种变迁作为重要的创作素材,在宁夏,杨军民和李振娟就是其中的代表。杨军民以小说的形式表达,李振娟以散文的方式表达,尽管体裁不同,但寄托的情感是一致的。

荆竹说:"艺术是什么? 它如一束炸弹,使我们从麻木状态中警醒,意识到存在的真相——被理性的虚幻允诺所掩盖了的感性压抑的真相。它在一瞬间照亮我们冥暗的人生旅程,纷纭繁复的生命现象隐退了,我们直接瞥见了世界的意志、生命的本体,我们与天合一。"(荆竹《智慧与觉醒》)杨军民的小说正好具有这样的功效,也有启蒙思想的作用,他总是客观地审视着人性的阴暗。一旦权力与阴暗相结合,必然会堂而皇之,貌似正确,貌似合理、合法,却对弱小者造成了无法弥补的伤害。这类作品在他的小说中占有很大比重,《祭红》《吼叫》《目光》《阉祸》《狗叫了一夜》都属于这类作品。

《祭红》虽然取材于民间故事,但在作者笔下具有现代色彩。故事写得荡气回肠,为了皇上的五十大寿,为了一个龙樽瓷瓶,窑神李一家以命相祭,好友陶鸿被砍头。这个悲剧故事,似乎是作者对自己曾工作过的瓷厂的诗意心祭。有这样一段心理描写很走心,为悲剧发生埋下伏笔。

窑神李把那个大红美人肩花瓶深藏在箱底。夜深人静的时候,他才悄悄把它拿出来,在灯下欣赏它的瑰丽。那个花瓶让他的茅屋蓬荜生辉,让他浑身的骨节格格发响,充满活力,他多么想把这个花瓶公之于众,不为别的只想让大家对自己毕生从事的事业有一个评价。随之,他又为自己的想法羞愧,评价了又能怎么样呢? 尽管他一直压抑着自己的这种渴望,事实证明是这样一种想法把自己推向绝境, 他知道花瓶的事绝不能让世人知道,这件绝品是温度、气氛等因素综合作用的结果。比三千年一开花三千年一结果的人参果还要少见。如果有人要他造出完全相同的一只,倾其毕生精力也是不可能的。他向姚氏和女儿再三叮咛，不可走漏了风声，娘俩素知其中的利害，果然一直保守这个秘密。

窑神李费尽心血再也无法复制出那样的瓷瓶时，到了最后时刻，女儿做出了牺牲，留给父亲的字条上写着："爹，明天就要停窑了，也许那也是我们父女的大限。女儿想了很久，皇上不是要的是大红釉二龙戏珠樽吗？女儿的血也是红的，女儿先走了。"红衣、红裤、红鞋、红的血、红釉……有一种不祥涌上了他的心头。

人民何罪？为博得皇上一笑，置天下草民的一生幸福和性命于不顾。天理何在？小说含蓄地发出了这样的天问。

《目光》写了一位脾气火暴的总经理，整天在琢磨员工的心理，他为一个自私的理由，寻找借口，把为公司立下汗马功劳的办公室人员调出总公司，后来又将其调回。这位员工坐在他对面的办公室，每天都在看他，好像目光里充满了对他的嘲讽。他为此内心翻江倒海，想了种种报复的手段。后来偶然发现原来这位员工一直在望着暖暖的阳光，而不是在看他。办公室人员的儒雅大度与总经理的小肚鸡肠形成强烈对比。小说借总经理的口吻，引出了一段议论："自己当时信誓旦旦，言辞凿凿显得那么空洞，披上权力的外衣，是那么有力和顺理成章。如果有一日权力没有了，心平气和地讲，这些逻辑又那么荒唐。他觉得自己出了一身汗，他开始为某些想不清楚的事情而感到恐惧。"的确，拥有权力后在做一些触动他人利益的决定，甚至在打击、报复、排挤异己时，总会找到堂而皇之的理由，把卑鄙掩藏在合情合理的外衣下，心安理得地做着伤天害理的事情，做着亏心事而不愿承认。人与人之间的矛盾、纠纷、误解，甚至相互伤害，往往是由于缺乏沟通，互相没有把心中所想坦诚地表达出来，而一厢情愿、自以为是地主观臆断而导致的；抑或是由于不同思维方式的相互错位导致的。这种错位就形成了小说中的戏剧冲突，在冲突中见人品，刻画人物性格。这是曹雪芹在《红楼梦》里惯用的技法。

《吼叫》写一位冷酷、自私、贪婪的福利院领导及其千丝万缕的权力网络。福利院里充满着肮脏的权色交易,移花接木,李代桃僵。富贵糊里糊涂地替领导背了黑锅,心情郁闷,在一个夜晚吼叫了一声,后来成了习惯,被送进了精神病医院。小荷以姿色进福利院,又用色相换取母亲进福利院的机会。小说深刻揭露了道德沦丧问题。仁义礼智信的伦理道德沦丧殆尽,身居权力位置的人走上迷途,他们的恻隐之心、怜悯之心、善恶之心、辞让(恭敬)之心、是非之心全盘崩溃。而中国社会文化结构中的这种权势心态给底层人民造成了无法估算的精神苦难。

老实巴交的老张为老板看工地,被盗贼打伤了下体,落下了残废。老板本想以少量赔偿了结, 不承想老张竟提出了继续为食堂当管理员的要求。这是《阉祸》讲述的故事,反映了底层劳动者的艰辛生活。

索尔仁尼琴说:“文学,如果不能成为当代社会的呼吸,不敢传达那个社会的痛苦与恐惧,不能对威胁着道德和社会的危险及时发出警告——这样的文学是不配成为文学的。”当下的许多知名作家却沉醉于风花雪月的抒写,不能也不敢反映时代呼吸。杨军民是一位具有骑士精神的作家,虽然他的影响力还不大,但他一直在做着让“文学成为时代的呼吸”这样的努力。《狗叫了一夜》就是反映时代痛点的力作。村主任赵亮是致富带头人,在其发家致富过程中,所采取的手段,到底有多少合理性,值得探究。他炫富的方式由盖豪宅到养藏獒。副主任海成家出现了失盗现象,村主任家的狗叫了一夜。村主任派海成及村委会成员联合调查此事。调查中发现是村民哑巴在旁若无人地偷各家各户的剩余建材,一点点积累下来,装点了自家窑洞,效法村里人建起自己的“小二层”。工作组组长从中发现了“低保”“建档立卡户”这些惠民政策没有照顾到真正的贫穷家庭哑巴家,发火要见村主任时,村主任打死了自己家的藏獒,自己也受伤住院了。村主任在与海成斗争时,无处出气,把气撒在一只狗身上,由炫富到自伤,这反映了地方当权者极度膨胀的病态心理。这就是作家对时弊的针砭。作者用漫画的手法,描绘其炫富的样子。

村长的儿子站在一侧,饶有兴趣地看着与铁链痛苦抗争的那条狗。他抬起一只手摸没长一根头发的光亮的脑门,大而前挺的肚皮把一件花格子衬衫尖锐地向前顶着。

"藏獒,见过吗?"

歪在嘴巴上的香烟袅袅冒着青烟,烟熏的缘故,一只眼滚圆,一只眼眯着,藐视着什么似的。后面的是他家碉堡样的三层小楼和高得让人窒息的小泥院墙——像村长的地位。他家的房子总比其他人的高一截。村里开始盖平房的时候,他家是小二楼,村里有人盖小二楼的时候,他家就成了小三楼。

李建军在《武夷山交锋记》中指出:"从根本上讲,现实主义主要是指一种精神气质,一种价值立场,一种情感态度,一种与现实生活发生关联的方式。它是一种与冷漠的个人主义、放纵的享乐主义、庸俗的拜金主义及任性的主观主义格格不入的文学样态。""现实主义首先意味着一部作品必须是可亲的,应该充满人道主义精神,充满对弱势群体,对陷入逆境、痛苦和不幸境地的人们的同情。"对照这样的评判标准,杨军民的小说正是鲜明的现实主义作品。他的作品中深深地打上了人道主义的烙印。他对作品中的人物和读者都充满爱意和祝福。

杨军民说:"写作是艰难的,每一个写作者的神经都是敏感而脆弱的,他们潜意识地抵御着权力,怀疑着世俗,他们一直在抗争而不是在随波逐流,所以他们很难。尤其是这个欲望与金钱的时代,写作的回报实在是微乎其微。但写作又是令人愉悦的,这个世界不光有权力纷争和财富聚合,在人心和道义的担当里,总有温情和感动,总有仗义和执言,总有阳光和雨露,为了真情,为了爱情,为了人世间的花红柳绿,海晏河清,我们有必要把那些纯洁温暖和绚烂奔放的片段记录下来。"（杨军民《在文字的波光里荡漾》）这段话可以说是作家的小说宣言，是作家对自己作品的注脚，也是令人敬佩的写作信念。

三、纯洁温暖与绚烂奔放

王鹏程说："要将小说当成生活方式，必须享有生活的绝对自由，如果内心真正达到了这种境地，那么任何有形无形的压迫都不会使小说家做出退让，他们只会依照自己的灵魂的召唤去写作。也正是小说的这种特殊的禀性，才使得小说充满了魔力，成为人们反抗现实、构建诗意、抚慰心灵的一种最吸引人的文体。"杨军民在他的作品中实践着这一论断。铁匠被儿子言中痛处："我奶在世时那么大的活菩萨你都不敬，敬那石膏像有啥用，装给谁看呀？"（《活菩萨》）看似是父子、母子矛盾，其中却蕴含着很深的伦理道德和生活哲理。在外打拼的儿子回家过年，代为采买年货，嫌贵连一只鸡都没有买，离家时父亲悄悄把两万元放在给他们装柿子的桶底，用油纸包着（《过年》）。《行走的水杯》用诗一般的语言，描绘一个先天瘫痪女孩为母亲接一杯水的故事，把相依为命的母女生活刻画得入木三分，令人为之流下悲悯的泪水。那个躺在床上整整 15 年的女孩，虽然身体上无力，但她的精神觉醒了，她想表达对母亲的爱，在极其困难，在几乎不可能的情况下，她确定了一个在正常人看来极其渺小的目标。然后为实现这个目标，甚至不惜付出整个生命，她挑战自身生命的极限，从而发现人对自身的潜能存在很大的视觉盲区，人的生命柔韧度，可以拉伸的可能性，超过了人的认知范围。经受心灵的考验，最终能舍利取义，得到朴素的处世法则——"凡事不亏人，活着就舒坦。"（《男左女右》）一个被家庭婚变深深伤害的孩子，学习成绩无法提高，缺乏母爱，更缺乏父爱，每当考试成绩出来的时候，她都被爸爸拳打脚踢，久而久之，变得胆小怯懦，噤若寒蝉，为了暂时逃过一顿暴打，她向爸爸撒了谎，赢得了暂时的安全。但家长会的召开，又让真相大白,老师把孩子救出了危险区。孩子的一篇作文《好爸爸》,写得极其感人,用虚构的方式,赞美她理想中的充满父爱和柔情的爸爸,与现实中的这个暴躁的爸爸完全不一样,以孩子的视角教育了成人。帮助孩子从危险中解脱,也帮助这个失去妻子的男子重新发现亲情的美好,发现作为一个父亲应该承担的责任(《好爸爸》)。

《只想和你唱秦腔》写中年丧妻的栓子与有共同爱好的麻女子之间一段美好的恋情,故事写得波澜起伏,扣人心弦。作品中既有丰富的戏曲文化元素,又有扎实的生活,浓烈的真情。栓子在和麻女子的联袂演出中,释放了人生中最大的光彩,一生中唯有一次辉煌,在艺术的享受中,在这种沉醉中,心满意足地向人生谢幕。这篇小说所达到的艺术水准令人惊喜。《只想和你唱秦腔》和《狗叫了一夜》是杨军民小说文本中意蕴深沉的双璧,仅以这两篇作品所展现的艺术功力而言,杨军民的小说是值得关注和研究的。

《帮我出个主意》《照天镜》《牵牛花》《秋雨》《入殓师》《小诊所》《母亲学医》等作品通过美与丑的对比,当去掉笼罩本性的遮蔽,总会寻找到人性善良的一面,总有一些打动人心的力量和温暖。这些作品道出了人世的沧桑,从不停留在浅层的道德探索,而是深入人物的内心世界,描写人物隐秘的心理活动,探索并展示西部人民性格的复杂性和地域性,剖析他们在现实与幻想之间思想的左右摆动。在结局的处理上,多以人物的良心发现,灵魂觉醒,积怨消融,相互谅解和接纳呈现,以舒缓的节奏,温馨的场面把读者带入久久回味中。

《金色狮子》在写作手法上属于另类作品,虽然有模仿《变形记》的痕迹。作家直言,他是在向卡夫卡致敬。但所写的仍是中国当下生活的人情世故,世态炎凉。变异的不是别的,而是人的心灵。

四、走出宁夏,走向全国,道阻且长

在小说技法上的探索是永无止境的,再优秀的作家,也很难做到尽善尽美。尽管杨军民的作品在全国刊物上屡屡发表,但真正走向大刊的作品尚属少数,他是一个比较成熟的作家,但还远不是大作家,说明在艺术探索上,火候还未达到最佳状态。杨军民的小说存在的问题主要有以下几个方面。

一是写得过于老实,缺乏活跃的思维和语言的打磨。很多作品还可以写得更好一些。在与他的交流中得知,他也有意把一些已发表过的作品重新创作。这说明他自己也认识到了这一问题。一个思想深沉的作家,不能只会写他所熟知的生活,还应该根据人物塑造的需要合理剪辑、增补、镶嵌进新的内容。正如歌德所言:"艺术要通过一种完整体向世界说话。但这种完整体不是他在自然中所能找到的,而是他自己的心智的果实,或者说,是一种生产的神圣的精神灌注生气的结果。"文学形象的确立,意味着重建一种审美现实。

二是作品中描写过多,铺陈过多,故事情节推进慢,在抓紧读者兴趣和注意力上还需下更大的功夫。

三是题材老化,创新意识不强。不能像石舒清、漠月、张学东、季栋梁、火会亮、郭文斌、李进祥、马金莲、了一容等作家那样能够从当下生活现场中披沙拣金,找到那种很独特的,闪闪发光的,令人耳目一新的,具有更高文学价值和美学价值的创作素材。杨军民的小说取材过于司空见惯,大多是停留在早年生活积累的回忆性写作,探索性不够。《金色狮子》是一次冒险和尝试,反映的同样是工业社会下,世风日下,世态炎凉,人情淡漠的社会问题。但他把人物之所以会出现变形的爆发点找得不够,其中的压力应该在正常人可承受的范围内,还不足以造成主人公精神完全崩溃,进而发生变异,以致他的视觉范围内人类生活完全退化到动物世界。对情节的酝酿和推动力不足,造成中气不足,辐射力不强。

四是视野不够开阔,格局还需放大。杨军民已是写作多年的作家,他的眼光仍然望得不够远。在一些国内影响较大刊物投稿碰壁后,不是对作品进行反复修改和加工,而是退而求其次,发表在其他刊物上。他的少数作品中存在细节上的失误,如"胡然的第一个儿子也是一个男孩"(《帮我出个主意》)"儿子上完大学分配在了外地,千里路上回来,扑进灵堂的时候,他妈已经咽气了"(《只想和你唱秦腔》),这种明显的硬伤在发表和出版时都未能得到校对,由此可见,他在写作的某些状态下失去了良好的语言感觉,疏忽大意而不能自省,在艺术追求上不够严谨,随意性太大。他的小说走出宁夏,走向全国的机会还不多。他不能仅学习当代一流作家作品,还需要花费大量时间和精力,进一步内化世界一流大师作品,苦练自身的功夫。《行走的水杯》《母亲学医》显然是想向海明威学习,赞扬不向命运低头、永不言败的奋斗精神,但他只学到了皮毛,未学到大师的精髓。

当然,在这篇文章的结尾,我还是要总结一下对杨军民小说的总体印象和评价,指出其优长所在。杨军民的小说洋溢着对生活的挚爱,对大自然的深情赞美,流淌着诗意的叙事,兼有田园交响乐和命运交响乐的特质。他的小说没有流行小说的轻巧单薄,他以四两拨千斤的艺术勇气和不长的篇幅,敲响人们心中的洪钟大吕,往往产生振聋发聩的艺术效果。他的小说又像中国画里的写意画,善于造势,善于刻画人物心理的细微感受,体察那些常人看不到,习以为常的生活背后汹涌的波涛。他的小说中具有强烈的良知美学和庄严的叙事伦理,总是赞扬人性中的真善美,强烈地抨击社会的假恶丑。在叙事伦理上具有自己的独特优长,充满正义感。在新的时代,他秉承了鲁迅以来,作家的使命感和责任感,在作品中试图唤醒读者,做一个理智、优雅、心理健全的人,揭开种种伪善的面具,把掩藏在权力下的肮脏和丑恶展示给人们看。同时也把人性中那些最美好最纯朴的发光的品质挖掘出来,引领和净化读者的心灵。他的文学坚守着纯文学的艺术使命。

杨军民小说常常能给人的心灵钻出一个洞来,那洞中汩汩流淌出柔情和悲悯,久久回响,在脑际萦绕,无法修复,这样的作品能给心灵带来软化作用,让冷漠坚硬的心多一些对他人的关照,给世界带来一份美好。杨军民是一位善于讲故事的作家,他的小说的故事性都很强。在小说结尾的构思上常常能做到出人意料,形成极大的艺术张力,小说的诗性正体现在其中。他把个人的生活际遇、岁月沧桑、故园风土都巧妙地绘入作品中。他是一个目光锐利的观察者,无论是知识结构、生活阅历,还是艺术才情,都足以支撑他构建自己的小说世界。他是一位借助小说反思人生,反思社会,反思命运的思考者。他的笔下,无论是对田园风光的宁静朴素描写,还是对命运主题的激昂高亢的表达,都构建了小说艺术的音乐美和感染力。我们期待他的小说创作走得更远,为人民,为这个伟大的时代奉献更多的精品力作。

马君成,宁夏文艺评论家协会会员。

散文诗·专研

散文诗的边界与身份

——《塞上散文诗·序》

◎卜寸丹

从世界范围来看,严格意义上散文诗的发展,西方国家要早于中国,可以上溯到 17 世纪。1868 年,象征主义大师波德莱尔出版了《巴黎的忧郁》,从而他被公认为第一个自觉地把散文诗当作一种独立的文体来写作的人。在中国,散文诗和新诗几乎是同时出现的,都发生在文言文让位于白话文之后。1919 年 1 月《新青年》第 4 卷第 1 号发表了沈尹默的 7 首新诗,其中的一首《月夜》是这样写的:"霜风呼呼的吹着,月光明明的照着。我和一株顶高的树并排立着,却没有靠着。"这被认为是我国发表的第一首散文诗。所以,散文诗在中国,有说是舶来品的,有说是古已有之的。但我自始至终认为,中国的散文诗产生在中国,而且是在白话文学诞生之后,至于是否借鉴外来散文诗创作技巧和手法,是否吸取中国古典诗文中的营养,应该另当别论。

一切有着诗性内核的表述,都可视为散文诗作品。值得注意的是,诗性不是诗化。因为诗化本身是含混不清的。什么才是诗化?是语言上的还是表达上的?诗化的程度如何?所言诗化会不会导致文本的异化乃至叛逆?因此,像平时人们所谈到的诗散文或诗化的散文,我们并不否认这些散文作品的叙述当中有诗意的迸发,但那也只能是散文向诗的靠拢,而绝不能将其等同于诗或散文诗。散文诗一定要与散文撇清关系。这是需要特别强调与警醒的。有人说，散文诗的出现无异于是对语言艺术认识论与方法论的一次突破和探索，其重要意义还在于打破诗歌与散文两种文体原有的定势与结构，我认为这是比较客观、妥当的一种评价。

一个有趣的现象是，在大量经典的小说、戏剧里，包括现代艺术中的一些样式，比如装置艺术、行为艺术，我们都能从中读到或嗅到强烈的诗性，里面的某些篇章与段落，那些寓言性的场景语言，就是散文诗。尤其是一些隐喻性极强的微小说，其本身也未尝不是一篇绝妙的散文诗作品。

"当他醒来时，恐龙依旧在那里。"这是危地马拉作家奥古斯托·蒙特罗索享誉世界的一句话小说。

卡尔维诺在《未来千年文学备忘录》中写道："我想编一本只有一个句子或者甚至只有一行文字的故事集。但是，到目前为止我还没有发现哪个作家可以和危地马拉作家奥古斯托·蒙特罗索相比拟。"最后，他选择了蒙特罗索的这篇小说《恐龙》。"当他醒来时，恐龙依旧在那里。"这既像一个梦的装置，又使人获得一种神奇的体验，具有诗的超验性。

因此，当我们总是想用科学手段来界定散文诗的文体时，那显然是徒劳的，因为事实上，它本就不是科学研究的对象，而是心灵事件的载体，因而它是灵动的和神秘的。我们只能从现存的材料出发，对此做出一些相关的推论和诠释，以消除在散文诗文体知识和把握方面的障碍。散文诗有着独立的艺术生命形态，写作者对它的探索将永无止境。本着诗性内核之灵魂的原则，它没有边界。至于诗性，或诗的本质，我们只能在永不停歇的创造中去逼近和触摸。

因此，散文诗根本用不着老是陷于自我身份之疑的困惑中。对于文学样式，或语言的载体，乃至文体，我们完全没必要厚此薄彼。文学家、诗人所致力的当永远是语言的建设、思想的建设、审美的建设。

2019 年 10 月，《散文诗》杂志社在宁夏石嘴山举办第十九届全国散文诗笔会时,就听宁夏的同志提起准备编一套散文诗丛书的事,并嘱我为丛书作序。他的真挚与对散文诗事业所秉承的情怀与激情都是让人不忍回绝的,但忙于琐碎真的无暇细品书稿,内心着实为难而惴惴不安。好在创作散文诗的兄弟们素来平易团结,他们不为外界所扰,倾心地在自己的园子里精耕细作,挥汗如雨,收获秋天的金黄,每每令我心生敬慕,也就在羞愧之余,轻松了许多,释然了许多。重谈散文诗的身份,期盼抛砖引玉,厘清一些认识,也算是有用的吧!

宁夏是散文诗的西部要塞。我时常读到梦也、王跃英、单永珍、杨建虎、王西平、白鸽,以及这套丛书的其他著作者李耀斌、聂秀霞、陈斌、张开翼、尤屹峰等的作品。他们的作品在相同的地域文化背景里,呈现出强烈的生命意识,或苍凉,或先锋,或忍受精神的孤独,或寻求突围的出口,他们集体的群像、探索的锋芒是清晰可辨的。我想,几乎所有真正的写作者、真正的诗人都是匍匐在大地之上的精灵吧,他们借此安顿沉重的思想、翅膀,他们不单是追光者,有时,也逆光而行。祝福这些勇敢的诗人。

本套丛书的出版,既是辽阔的西部一次散文诗创作的大阅兵,更是吹响奋勇前行的集结号。任何先锋的文学理念的确立与突围,都要靠创作实践先行。这是由一个诗人的自我修养决定的。丛书无疑给我们提供了一个微小的面向未来的切口。

卜寸丹,《散文诗》杂志社总编辑。

散文诗的再次觉醒

◎薛青峰

今天说这个话题,其实是我个人对散文诗感知的觉醒。

回忆自己的散文写作,最初起步还是从写散文诗开始的。因为,写散文诗首先要学习锤炼语言。语言必须简洁、精炼、准确、鲜明、形象。记得那时曾在《宁夏日报》发表过几篇散文诗,题目是《门与路》《炉中煤》《我宽胸膛的朔方大地》等。不经意间,写着写着,我却彻底放弃了散文诗,并且对散文诗产生了极大的偏见。散文必须有"我"的生命体验。诗歌是个体生命心灵深处爆发出的最自由最朴素最神秘的声音。散文诗这种跨文体的新样式站在两者之间,或者站在边缘,纯属四不像的半吊子文体。我还劝一些文友不要写散文诗。散文诗写起来不过瘾。可能,许多写小说的朋友也有这个看法。现在看来,这是多么偏激、愚昧、肤浅的认识。今天,说起这个话题,是我的反思,要为散文诗文体正名。

爱好文学,喜欢写作的朋友,对汉字的意味有着深远的领悟。言为心声,选择了哪种文学样式来表达自己对世界、对生活的看法,是因为这种文体最适合你的品性、气质和性情。"诗来源于一个有语言天赋的人的内心,来源于字里行间渗透出的某种自然而神秘的韵味。"(林莽语)你为什么不去写别的文体,选择写散文诗,可能因为散文诗更具有创造性。有了这么多年的写作训练,我明白了散文诗能表达我们不能表达不能认识的事物和体验。诗歌可以隐喻、模糊、多元、歧义,而散文必须明白、清晰、准确。熟悉了散文的叙述品质,又能形象地拿捏诗歌的魅力质感,散文诗写作就是对文学样式的创造。诟病散文诗,赞美小说、散文、诗歌等其他文学样式,厚此薄彼,纯属不厚道。我曾经浅薄过,如果再浅薄下去,固执己见,就是无知了。

我的觉醒是:你选择用小说虚构一个文学世界;你选择用散文叙述个人的生活感悟;你用诗歌意象隐喻人生的真谛;你用戏剧舞台表演;你用影视镜头反映社会问题,包括现在的新媒体平台,只要你选择的文学表现形式适合你的内心,这种文学表现形式与你的内心达到契合,那就用手中的笔勇敢地去探索,把它发挥到极致。如果散文诗这种跨文体的文学样式适合你的性情,你就去创造一个独立的散文诗世界。现在想起来可笑,那些年,我凭什么劝一些文友不要写散文诗呢?

写作是用文字演绎生命的过程。《诗经》就是最早的散文诗,它具有记事的手法,还有神性的光芒,是两者完美的结合。《庄子》就是寓言式的散文诗,千百年来,无人超越庄子的想象力。方志敏的《可爱的中国》让人动容,我认为,这就是红色经典里的散文诗。就散文诗而言,鲁迅的《野草》是纪念碑式的作品,苏轼的《赤壁赋》《记承天寺夜游》是古代散文诗的高峰。记得当年特别喜欢屠岸的散文诗,对《刘再复散文诗合集》爱不释手,读普里什文的《大地的眼睛》,读老作家柯蓝的作品。柯蓝的散文《空谷回声》被陈凯歌改编成电影《黄土地》,获国际大奖。柯蓝的散文诗集《早霞短笛》更风行一时,影响了许许多多文学爱好者。读波德莱尔的《恶之花》,读泰戈尔的散文诗,读纪伯伦的散文诗,这些古今中外的散文诗大师的文字都滋养过我的创作。记得1988年还在图书馆借过一本《十年散文诗选》,看完后,不想去还。想起这些,我不应该觉醒吗?不应该对散文诗产生新的认识吗?

再往文学史上靠拢一下,我始终觉得唐诗宋词就是古代的散文诗。"两个黄鹂鸣翠柳,一行白鹭上青天。"诗句呈现出的美感与意境:视觉、听觉、情景,就是将散文的描写叙事与诗歌的高度凝练融为一体的散文诗。"执手相看泪眼,竟无语凝噎。"这就是散文的叙述、细节描写与人物的心绪情愁结合为一体的散文诗。"离离原上草,一岁一枯荣。野火烧不尽,春风吹又生。"自然不息的景象用散文的铺陈需要多少笔墨,而诗歌则完成了这个意境。"少小离家老大回,乡音无改鬓毛衰。儿童相见不相识,笑问客从何处来。"贺知章为我们呈现的这个场景同样是散文诗。"江流天地外,山色有无中。""行到水穷处,坐看云起时。"这是王维给予我们的空灵。一切文学作品都关乎心灵。散文诗写作更应该给读者呈现这样的妙境。我在唐诗宋词里寻找自己的觉醒,是想说,把散文诗写得明白如话,意境深远,需要从古典诗词里找寻创作的源头,也是想说散文诗写作可以成就文学大师。元曲就是纯粹的散文诗,再举例就多余了。

其实,散文诗一直醒着,许多热爱散文诗的作家在用自己的写作实践证明着这个事实。但散文诗群体的觉醒还不够,需要整个文学界做出努力,为这种古老而新鲜的文体鼓与呼。比如列入国家级和省级评奖系列。

从唐诗宋词元曲里汲取养料,还要倾听时代的声音。为了找寻,我重读了《刘再复散文诗合集》,他的文字里荡漾着一种少有的思辨情怀,是 20 世纪 80 年代的声音。刘再复说,从 20 世纪 80 年代开始,散文诗文体开始觉醒。报刊上到处可见"散文诗专页",不仅原来的散文诗人重新歌唱,而且其他诗人也加入散文诗创作行列。散文诗篇、散文诗集、散文诗会,竟像雨后春笋般出现。这大约是新时期以来我国散文诗最为欣欣向荣的一个季节。出现这种繁荣的原因,首先是时代的赐予。20 世纪 80 年代,中国社会发生了重大变革。社会生活的节奏加速了,于是空间贬值,时间增值,感到时间紧迫的人们,需要短小的文体来调节内心的精神生活,散文诗正好适应这种需求。另一个原因则是散文诗队伍自身的努力。这支队伍的前行者、老散文诗家们不仅自身勤于创作,而且很积极地倡导散文诗,他们编辑散文诗丛书,办散文诗会、散文诗报,组织散文诗学会,可谓不遗余力。近几年来又有一批年轻的散文诗人出现。除了散文诗人外,还有一些编辑和评论工作者,他们为散文诗事业的蒸蒸日上付出了不可磨灭的辛劳。

就个人的阅读而言,我喜欢反思色彩浓郁的散文诗,带有苦涩味、疼痛感的有张力的文字,反对甜腻、鸡汤腥味的文字。从 20 世纪 90 年代至现在,人们的视野被新媒体笼罩,网络热闹非凡,低头看手机成为猎奇与精神寄托的新诉求,散文诗写作在慢慢衰微。我认为,近年来,诗歌不争气,口水诗占据重要刊物的版面,诗歌创作出现乱象,词不达意、有词无意的诗让读者越来越失望。散文写作则门槛太低,太轻飘,太媚俗,拖泥带水,故乡情式的、流水账式的散文让读者越来越失望。人们都知道,糖吃多了对牙齿不好,甜腻的文字给人的感觉就是空虚的糖果。一些专注于散文创作,又在精心写诗的青年作家,开始探索新时代散文诗的创作路径。于是,散文诗文体再次觉醒,吹响了散文诗创作新时代的笛声。

所有优秀的文学作品都具备诗性和人性,散文诗除了诗性和人性,还具备神性和鬼性。在远古,诗歌的源头就是巫术咒语,就是敬仰神明,就是祈求狩猎丰收,就是心灵的寄托。《诗经》如此,《楚辞》也如此。散文诗写作者依靠语言天赋表达对生活的感悟。语言的隐喻性在鲁迅和波德莱尔这里发挥到了极致。目前的散文诗写作者多数都是在以纯真的感情描写自然与人生,以童心般的绚丽文笔呼唤人间的真善美。这一类的作品可以说是铺天盖地,雷同之作很多。这一审美趋向是社会风气使然。实际上,这类写作的根脉来自屠格涅夫的《猎人笔记》、普里什文的《大地的眼睛》和苇岸《大地上的事情》,但时下的写作者没有突破,都没有超越这些前辈作家,在人云亦云地跟风。因为这样的跟风没有风险。

恰恰是这样的跟风写作,使多数作者抛弃了鲁迅,远离了波德莱尔。

而鲁迅、波德莱尔及纪伯伦,他们的语言指向是把社会人生的矛盾带入诗章,把美丑、善恶、真伪的对抗以及这种对抗引起的战栗展示出来。他们不回避丑,不回避痛苦,不回避命运的挣扎,于是,他们的散文诗境界在美与丑之间形成一种张力场，从而使散文诗的内涵更加深邃。他们的作品不仅具备诗性、人性、神性和鬼性，还有强烈的超验性，跨越时空，冲击着读者的思维。

要从鲁迅、波德莱尔、纪伯伦这里借鉴散文诗写作的特质，是需要勇气和胆识的。鲁迅的散文诗是纪念碑，自不必多说。波德莱尔进入中国以来，直到现在还有争议。有人会用"一个时代有一个时代的文学"来反对借鉴波德莱尔，但读波德莱尔的诗，读者的心灵不会轻松，很少有鲜花和美酒，月色和歌吟，却有另一种美感，即真与力形成的冲击波，让人震撼、清醒、思考。目前国内散文诗作者还没有这样的尝试。许多散文诗作者都无意识地丢掉了作家的使命，他们的笔触太柔软，不够雄健，没有气魄，不敢在散文诗中展示社会现象、社会矛盾、人性弱点。这就说明散文诗作者的历史文化视野、艺术胸襟还不够博大，能够震撼读者心灵的散文诗作还不多。如果有心在散文诗的创作中突破已有的水平，恐怕是必须在强烈感受时代生活的前提下，在东西方文化碰撞和融合中，更多地借鉴鲁迅和波德莱尔的一些最内在的特长，然后再加上自己的创造才有可能。这是我个人的阅读感受。愿与同仁们商榷。

薛青峰，宁夏文艺评论家协会理事，石嘴山市文艺评论家协会主席，宁夏理工学院教授。

在人生的原野上册立崇高

——王跃英新著《贺兰山之恋》读后感

◎朱华栋

《贺兰山之恋》是一本地域性标记明显的散文诗集，是诗人对家园、生命、灵魂的探寻与追问，并在这个过程中构建自己精神世界的价值坐标，像贺兰山那样伟岸与崇高。诗人把所有的平常事物，演绎为不平凡的精彩诗情，从而构建起人生原野精神世界里苦苦追寻的崇高坐标。这是我读到《贺兰山之恋》的一个明显感觉。

一、地域性与乡愁情结

《贺兰山之恋》作为一本以名山为地理标记清晰命名的散文诗集，诗人并不回避古今中外许多诗人、作家反复抒写的创作命题，事实上，地域背景与地域文化的写作，诗人、作家很难回避得了。老生常谈不可怕，关键是要谈出新、谈出奇、谈出特。要从熟悉的家乡故土、地域文化传承中寻找创作灵感，找出地域特征鲜明、生命体验独特、文化理解深刻的内容进行创作，这样，才能写出带有明显地域特征的好作品。《贺兰山之恋》就具有以上这些特征。

"绿色几乎与山塬不沾边"，贺兰山平时就是"一副冷峻颜色"，只有落雪覆盖，才是贺兰山最美的景色。这是诗人观察的结果，是诗人笔下大雪覆盖的贺兰山。

贺兰山产煤,石炭井作为矿山,给诗人乃至经历过那个年代的人留下不可磨灭的记忆。这是贺兰山独特的标记之一。

这个地方为什么有这个名字? 问了很多人,有很多种回答。不管怎么说,都有一种温暖蕴含其中。

这里有煤,是世界上少有的珍品;这里有泉,让一片灰蒙蒙的群山有了罕见的绿意;这里有人,让沉寂的群山不再沉寂。

这里氤氲着一种情愫,让许多事物都变得善良。

——《大蹬沟》

然而,如果认为诗人仅限于地域性的写作,写好贺兰山而已,那你就错了。上面已提到,事实上贺兰山、石嘴山已成为诗人的第二故乡,《贺兰山之恋》实则是诗人在表达深刻的乡愁。

蛰居在北方一座偏僻的城市,几十年了,两千里外的乡音,仍难适应这里的水土。人群中,无论怎样地字正腔圆,仍有熟悉的笑容一拍肩膀:瞧,又是一位秦人。

乡音啊,也同血脉一样,无论风霜雨雪,无论岁月轮回,永难弃舍。

——《乡村》

如果诗人没有浓郁的乡愁, 他又如何能写出这样带有疼痛感的诗句? 再来看写于1997年的《窗棂》中的诗句。

家园啊,那映着母亲慈祥身影的窗棂,在漫长的夜晚里,总是熬得红红的。

年年岁岁,那方映着母亲辛劳身影的窗棂,总在给我的家园遮着风,挡着雨。

诗人写乡村、家园、窗棂、家乡小河、亲人的诗句让人陶醉,让人心动。由写故乡到写贺兰山,诗人的笔墨不是轻了,而是更加浓郁。既然已回不了故乡,贺兰山成为事实上的故乡,"此心安处是吾乡",所以诗人的乡愁情结就在写贺兰山的诗章中延续。可以预计,诗人今后还会继续借写贺兰山来寄托他的乡愁。德国诗人荷尔德林曾深切地发出"还乡"的呼唤,他说诗人的天职就是返乡,因为乡愁是人与生俱来的一种情怀,蕴藏着强大的生命力,将我们与故土、先祖、传统文化连接在一起,是万变不离其宗的"宗"。诗人在写作中,总是自觉或不自觉地构筑自己诗歌的乡土特性,以此激发人们去关爱、自我抚慰那矜持温柔的心灵。

二、人性的真善美

诗人叶延滨说:"诗之真,我以为是诗歌的命脉之一,若无此命脉,诗为伪诗,诗人也是伪诗人。诗之真有三要素,真诚、真情、真言。"以此话来评判散文诗,同样适合。散文诗之真,也应是散文诗的命脉之一。

《贺兰山之恋》的诗章,处处显现出诗人的真情,像贺兰山那样坦荡、赤诚,又如黄河上游的水那样清澈,写故乡、贺兰山、远方的山水,写花草树木、天道人心,无不流露诗人的真心,字字章章,足以读出一个西北汉子的真诚。

> 当我从黄河与贺兰山交汇的地方慢慢沁出的时候,当我从肥沃的泥土中渐渐渗出的时候,当我随着汹涌的山洪奔泻而至的时候,当我随着乖戾的暴雨凶猛地涨起来的时候,我没有奢望过能有一个美好的归宿。在世俗的目光中,我只是徜徉在宁夏平原的一曲并不婉转的歌谣。
>
> ——《湖语》

诗人借湖语轻轻地述说,道出一个湖的卑微姿态,实则表达诗人敬畏自然、卑微平凡的心态,读来亲切自然。

在我奔走了多少年,遭遇过多少冷眼,经历过多少苦楚,且只得埋首于冬雪纷飞的时令后,你在不经意间,映入我的眼帘。

只是轻轻的几点红意,我苍白的日子便一片丰盈。

说真的,在这个季节,该红的早已红得发紫,该绿的早已浓翠滴尽,该黄的也早已谢去富贵颜色,这世界哪能总在一片大红大绿中走过?

——《你就是那个梅》

这种直抒胸臆的抒写,发自诗人的心底,是一种真情,因而更容易打动人。

诗人写大理街上的花,古城的人们,自然而巧妙地写出大理的美,"他们和我一样,大包小包地把六月大理的好风光打上包裹,忙忙地快寄回各自的家乡"。这是诗人愉悦心情的自然流露,同样是诗人真挚的感情。

散文诗集《贺兰山之恋》里的诗章,没有晦涩难懂的词语,没有华丽的辞藻,却写得优美动人,流露着诗人的真诚真情。诗人在追求着人性的真善美。其实,文学即人学,是人内心与世界的呼应,这就注定了文学作品只有真情才能打动人、感染人,才有长久的生命力。我以为,诗人是深谙此道的,无须我在这里多说。读者可以通过阅读《贺兰山之恋》,细细品味作品表达的真情。

三、诗人的悲悯情怀

立意高远,追寻崇高,优美动人的作品,总是给人以温暖,给人以昂扬的精神动力。《贺兰山之恋》就是这样一部作品。我以为,其一,默默地为散文诗付出,只管耕耘,不问收获的写作行为,就值得称道,就是一种高尚的行为,我觉得这种行为应定位为追寻崇高。其二,以名山统揽,作为作品集的名字,彰显贺兰山的博大、伟岸、高峻、坦荡、包容,暗含诗人追求高尚的情操。追求崇高,其实早已成为诗人自觉的日常。我这样说,并不是有意抬举诗人。我与诗人王先生素未谋面,联系不多,但通过《贺兰山之恋》,我读到了诗人的情怀,作品表现出的立意与精神。

重提崇高,在当下有着十分重要而又现实的意义。改革开放四十多年,科学技术、经济社会等迅猛发展,可是在思想文化建设领域,特别是道德水平建设方面,不得不承认存在一定程度的下滑,拜金主义、享乐主义泛滥,这种风气,于国于民族,有百害而无一利,必须有所改变。而诗歌应是有此担当和作为的。散文诗亦是如此。

"诗歌是灵魂之思的庄严。诗歌是为人群立意、为人生立意、为人本立意,具有崇高精神品格的伟大追寻。"一位诗人如是说。"崇高的风格是一颗伟大心灵的回声",朗吉努斯在《论崇高》中指出,天才的败坏也许不应归咎于天下太平,而应归咎于我们内心无穷无尽的祸乱,尤其是那些今日占据着、蹂躏着我们生活的利欲。因为利欲是我们今日人人都受其害的痼疾,况且奢欲奴役着我们,不妨说,陷我们于深渊之中。

所以,重提崇高,虽然是老生常谈,却有着现实的紧迫。作为文学作品,特别是散文诗,应怎样来表现这一主题呢?诗人在《贺兰山之恋》给了我们一些答案。

朱华棣,中国散文诗学会会员。

回归泥土，重塑生命

——评岳昌鸿散文诗集《桃花一笑》

◎李文静

　　《桃花一笑》共六辑，分别为"麦香·春水""醉歌田园""感恩季节""行走的花朵""绢上的牡丹""桃花笑"。初读《桃花一笑》，仿佛置身于陶渊明笔下的桃花源，感受着塞上江南劳动人民最朴素的生活场景；又不时地穿越到过去，回忆起这片土地上金戈铁马、王朝更迭背后历史的厚重。再读《桃花一笑》，我的脑海中，总不时地想起一句诗来："一半在尘土里安详，一半在风中飞扬"，如《桃花一笑》封面所言："一切回到泥土便不再死。我惭愧我的一无所有，我怀抱缥缈的诗情忧伤地歌唱。"《桃花一笑》，始终围绕着父辈人努力耕耘的这片土地，每一篇都像是在原野上唱响的牧歌，在为田野的麦地欢呼。三读《桃花一笑》，作者始终俯身于泥土之中，从西北人民最厚重朴实的乡间生活和田野自然中，不断汲取生命的养分，回答其对生命核心的追问。同时，秉承着"物我同一""生命共同体"的理念，将物化人，进行诗意的融合，开拓了散文诗创作的新视野。本文主要从以下三方面，分析岳昌鸿《桃花一笑》的艺术价值和魅力。

一、朴素、舒展而又厚重、深沉的语言风格

　　语言是散文诗情与意表达的关键所在。散文诗往往是通过言以及言中

之象来表达某种多样、丰富而又辽阔的意蕴,从而展现其哲理反思的层面。但散文诗的创作也并非一定是塑造某种不可言说之象来呈现本身的意蕴。理查兹在《文学批评原理》中曾指出:"使意象具有功用的,不是它作为一个意象的生动性,而是它作为一个心理事件与感觉奇特结合的特征。"因此散文诗的意蕴并非通过象本身来传递,相反,由语言形式之象与作者内在体验融合而共同生成的语境,才是构成丰富意蕴的关键。

在散文诗集《桃花一笑》中,由语言传递给我们的似乎都是熟悉的物象,比如阳光、土地、粮食、水渠、太阳、鸟、大豆、麦地、禾苗、沙枣花、蝴蝶等诸多的平凡、常见的物象,但在文本中,这些看似平凡、毫无深邃隐喻之物,却在作者舒展、自由的语言中,释放了无穷无尽的丰富意蕴。

《秋韵如歌》本是对一年农忙丰收的赞歌,却在这看似热烈的赞歌背后,通过"谷物的头颅""大豆的爆裂""重阳菊寂寞无助的绽放",渗透了作者对生命"一片温柔"体悟,背后夹杂更多的是几许愁绪、几许沉静和沉静背后反思的躁动与不安。

在《乡村的水渠》中,追溯万物之源——水。水乃万物之源,更是村庄里的人生命依赖的全部,失去水,大地就失去了生机和希望。作者通过对水渠这一生命源头的追溯,感叹着现代社会最底层最原本的生活沧桑和不易。

《乡村的太阳》与以往的诗歌中太阳的意象不同。以往在诗歌中,太阳往往蕴含着力量和光明。但在岳昌鸿先生的笔下,我分明感受到太阳普照之下,农人们诸多不可言说的生命沧桑和厚重。即便是在轻松的主题《爱情的蝴蝶》里,语言文字之间的表现力依然厚重而深沉:"我默默地注视着,它翅膀打开,像古典的衣袖,梦的衣裳,轻轻地托着。我这一生对爱虔诚地乞求,纯净、尘世、新生、死去,还有激情与忧郁,还有灵魂那视而不见的重量。"

通过对这样平常无人关注的村庄及田野中人、事、物的描述,将诗意与哲理的思考融入泥土的万事万物之上,这是非常不易的尝试和探索。可见,作者的语言功底之深,既能够流畅自如用朴素的语言慢条斯理地讲着村庄里、农田间的故事，又能够在无意中渗透作者对生命本原探寻的厚重和深沉。这样的语言形式和风格，对于今天散文诗创作而言，是非常重要的。当然，也有人会说与鲁迅在《野草》中深厚的哲理思考和存在的探寻相比，《桃花一笑》还有一定的差距，但不得不肯定的是，其以庄稼人的生命体悟自居，进入了另一种寻根所展示的别样的意义和价值。梅列日科夫斯基说："象征，只有当它在自己的意义中无穷无尽、无边无际的时候，当它用自己深藏在内心的暗示性的语言说出某种外在语言不可言传的东西的时候，它才是真正的象征。它是多面的、多义的，而在最深处则永远是朦胧的。"阅读散文诗集《桃花一笑》，有着诸多的田野、村庄的物象，很少存在艰涩难懂的字眼，尤其是有过农村生活经验的读者，更是深有感触，正是在这样简单、平凡的语言形式之下所产生的朦胧性，才让我在阅读的过程中常常身在其中，体味颇多。

二、坚定、欢快而又无处寻找的终极追问

（一）在生命的城池——春天里高歌

在《桃花一笑》中，有 14 篇的主题与春季有关。首篇《热爱春天》，更是直接、热情地表达了作者对于春的向往和寄予春天的无限期盼。"衰败的气息退下来，撤出生命的城池，撤出春天的领地。我为这片骄傲的土地写下诗歌，洒下汗珠；欢呼雀跃，把内心的冲动连同飞鸟一同放飞到春天的晴空里。"春天在岳昌鸿先生的笔下，便是生命的开端，它带来希望，带来生机。因为春天，万物得以滋长，尤其是塞上江南的村庄和田野，春为庄稼人"驱赶了藏匿于时光深处的阴湿"，使得村庄长久延续，为"我们铺开了光明和金黄"（《春雨润湿一切》）。关于春的抒写，还有《春天，在花朵的边缘》《春月》《西部的春天》《春天的絮语》《驼铃声重返春天》《燕子，春天已把门打开》《涉过春天》《春风》《春水流》等。

春天，是生命的城池，作者像村庄里的庄稼人一样，俯下身子，仔细地查看着塞上江南的每一寸土地,这是生命的源头。作品中每当谈及春,他的笔便满是欢快的音符,一路高歌。而春天,意味着泥土地里万物生长的开始。在生命的城池里歌唱春天,回归泥土地,从生命的本原开始。

(二)在生命的纵深处——秋天里丰收

《桃花一笑》,除有 14 篇内容是关于春季之外,还有 14 篇是对秋天的抒写,而冬季则有 3 篇,夏季仅有 1 篇,可见作者对于秋天依旧偏爱。毋庸置疑,对于庄稼人而言,秋天是丰收的季节,是农人们繁重劳作之后生命价值的意义所在,所以作者说:"面对秋收,面对粮食,才看见人类智慧的全部。"《秋塬如歌》,更是将秋收的欢喜展露无遗。如果说春天寄托着作者的希望,那么秋天就是作者希望得以实现的终点。秋天,在岳昌鸿的散文诗中,既是庄稼人生命价值的重要时刻,也成了作者追问生命价值的归根之处。这样关于秋天的抒写,在 14 篇中比比皆是。

人本主义心理学家马斯洛的需求层次理论认为,假如一个人同时缺乏食物、安全、爱和尊重,通常对食物的需求量是最强烈的,其他需要则显得不那么重要。此时人的意识几乎全被饥饿所占据,所有能量都被用来获取食物。在这种极端情况下,人生的全部意义就是吃,其他什么都不重要。只有当人从生理需要的控制下解放出来时,才可能出现更高级的、社会化程度更高的需要。现代社会,物质生活已经极大地满足了人们的食物需求,大多数人也有了更高级的需要,比如精神需要、自我价值实现的需要。因此,曾经饿着肚子和为了填饱肚子而努力耕耘在土地上的传统的、集体的生命经验,已然消逝。然而,我们自顾前路,却早已忘了归途。现代文明在带来物质极大富裕和精神需要增长的同时,也给人类带来了新的精神危机和生存困境。而作者在散文诗创作中,对春的渴望和对秋的欢喜,则是重新回归文学创作的土壤——泥土地(乡村)的视角,是重新寻找人类本质力量对象化的过程。劳作这种最简单的生命体验所带来的愉悦和欢快的方式,正是对生命追问的一种回归,是重塑灵魂的途径。这些简单的乡土万象,才是作者心目中最本真、最纯粹的生命意义的所在。于是,他说:"一切回到泥土便不再死。我惭愧我的一无所有。"(《秋收·粮食》)生命在秋天的纵深处,得以重新塑造、结果。

(三)在生命的旋涡——在理想与现实的冲突中不断追问

好的作品,总是有着与生俱来的一种生命意识。在散文诗集《桃花一笑》中,题材上,均是选取极具乡土气息和乡村自然环境中的物象来抒写,承载作者对于生命终极价值的追问和思考,正是这些故乡的草木、春秋,也正是因为这无处不在的灵魂追问,作品才具有"润物细无声"的思想感染力。

一位将自己的写作深埋于泥土之中的作家,时而因乡村的春天激情澎湃,时而为丰收的秋天欢欣鼓舞,满怀对生命的热忱。他敬重故乡的一草一木, 爱惜乡村的"一间破舍,一挂旧马车,一顶鄙弃的新娘轿"(《敬重故乡》),欣赏桃花"一生只有一次芬芳和辉煌的燃烧已足够"(《桃花》),赞叹沙枣花"金黄娇小的唇瓣"。坚定地将信仰根植于泥土地的人,为这份生命的充实而欢快。但与生俱来不断反思的生命意识,总是不断将作者扔进这生命的旋涡和泥潭。生命何其厚重,在《桃花一笑》中,没有娴熟的现代技术性写作,更多的是带着一种沉重生命意识的灵魂写作和对万千个体生命经历的无声倾吐。生的无奈和无处安放,在此被表达得淋漓尽致。

《悟语》写道:"一切都不是你理想的世界与光辉;一切都摇曳在暗淡的灯影里;一切都是游戏的进行,你我被摆弄在其间。"在理想与现实的冲突中,我们永远无法平衡,因为去平衡,即意味着"权衡利弊",那便不再是主体性的自觉选择,人也就丧失了自己的主体性。如作者所说,我们均在其中被摆弄,因而无处安放。在《关于山的一千种表情》中,作者更是用幻想重新建构现实,他向往这种闲适、浪漫、毫无纷杂的生命状态,但又深知,理想与现实的冲突,最终依然回归于尘世,不断寻找着"下一程的悠远和苍茫",将生命的追问导向不可知的未来。

《桃花一笑》中,不仅有作者对乡村、故土以及其中一草一木的热爱,还有着苦苦思索的无奈,冲突中的不解与纠结。但无论如何,生命正是在于无处安放的追寻,也正是那些"雷击"与"暴风",共同构成了生命本身的意义。而作品中不断出现的泥土地,便是作者生命体验中,所寻找到的生命之根。这泥土地,看上去混沌一片,实则孕育着天地万物最灵动的生机和最深沉的生命之思。种子在泥土地里生根、发芽、延伸,进而铺开生命的排场。一方面,作者的生命追问似乎是有答案的;另一方面,又不断提出新的疑惑和反思。这种矛盾的心境和冲突,也正是散文诗的张力所在,文本本身便有无限的内容和意义。

三、"物我合一"的审美观照与生态意识

雪莱说:"孤独时,或是虽在人群中却处于得不到任何同情的被遗弃状态时,我们便爱花、爱草、爱水、爱蓝天。"当现实的处境陷入孤独而又无法排解之时,作家的创作便指向了对自然界万事万物的审美观照中。而在《桃花一笑》中,随处可见对自然物象的抒写,如桃花、槐树、玫瑰、麦地、莲花、蝴蝶、云、向日葵、鸟儿等。这些物象,虽然是自然之物,但此时,因浸入了作者的情韵,已并非单纯的物象,而是有着主体之思的、更富有生气的活物。这便是作者对自然之物以"物我合一"的审美观照的结果。

在《槐树》中,一棵普普通通的槐树,引发作者纯粹、干净的赤子之心,让我不禁感叹这究竟是槐树的幸福,还是作者的幸福呢?在《玫瑰》中,作者忧郁于玫瑰的孤独,又以拟人的方式,感叹着玫瑰在"倾听我灵魂的温柔",这究竟是玫瑰在倾听作者的心声,还是作者在倾听玫瑰的心声?如庄周梦蝶,物与我的界限,似乎已不那么分明。最让人沉醉不醒的是在"物我合一"的审美观照下,所体验到的前所未有的澄明之境。在《起程的生命》中,作者更是认为,人类未来交付给子孙的世界应该是干净的,是能延续生命的世界,鸟儿也需要一片澄澈的天空。鸟儿与人类一样,身处生态之链中。而人类与宇宙万物都在生命共同体之中,这便是作者"物我合一"的审美观照所

折射出的生态意识。作家创作的大格局可见一斑。散文诗不再局限于个体自我的情思，而是有着厚重的生命意识。

在《1844年经济学哲学手稿》中，马克思着眼于人的发展的精神维度，提出了自然是"人的精神食粮"这一思想论断。没错，自然界就是人们心灵永恒的归属。在自然万物之中，人类汲取光、汲取水、汲取所需的一切。《桃花一笑》正是作者在现实与理想的冲突中，不断向自然寻求突破和出路的救赎之道。这是作者对自己的救赎，也是对读者的救赎。皈依自然，沉浸于自然之美，回归到自然最本原的泥土里，这便是作者的归途。

凡作传世之文者，必先有可以传世之心。作家的精神境界、价值取向与情怀，对作品的质量起着至关重要的作用。岳昌鸿先生的散文诗创作，立足脚下土地的生命经验场域，对故土、村庄及质朴的乡村之境的抒写和把握，是宁夏散文诗创作不可忽视的一次尝试和挑战。尽管文学创作以乡村、故土为主题的不在少数，但岳昌鸿散文诗质朴而又深沉的生命之思，使得作品既涵养了自身的生命体验、地域与民族文化的基因，同时又有着一种回归自然与故土的生态美学追求。作品中，对一草一木的细腻情思，和对人生况味的感叹，无不表达着作者的赤子情怀。回归泥土，重塑生命，这便是作者对生命终极关怀的哲学思考的答案。

在荆棘丛生处拨雾踏歌

——尤屹峰散文诗刍议

◎王　亮

尤屹峰在《飞泻的诗雨》的跋中谈道："散文诗穿的是散文外衣，而内质还是诗：以最精练的语言，最丰沛的情感，最生动的意象和最流动的音乐节奏创造感人的意境来表情达意。"我很是赞同。他固执地认为，中国的赋就是国外文学界所称赞的散文诗，中国自古就有散文诗。这也与我的想法不谋而合。

散文诗的创作存在多样性，尤其是新时代的散文诗创作，大多呈现的是多元的、空间的、复调的。1927年鲁迅《野草》的诞生，奠定了新文体的重要位置。经过百年的洗礼，散文诗的创作可谓如火如荼，呈现一片欣欣向荣的态势。耿林莽的《醒来的鱼》《飞鸟的高度》，黑马（马亭华）散文诗集《乡土辞典》，李东华经典散文诗集《刻在时光里的故事》，再到尤屹峰《飞泻的诗雨》等作品集，都从各个侧面反映了散文诗的发展走向，把散文诗的立体多元、空间复调、历史与现实呈现得淋漓尽致。

尤屹峰是一位身具感染力和内测力的诗人。"为什么我的眼里含满泪水？因为我对今天的七夕止不住哭泣！"（《七夕兮七夕》），和艾青一样刻骨铭心、至死不渝，一个是爱国情怀的深沉，一个是对民族文化的担忧。"消逝就是这样不可抗拒，是这样更替自然"（《消逝》），这世间有些东西是无法阻碍的,如光阴、季节更替、生老病死等,但这些你不得不直面,不得不淡然处之。而面对"消逝",诗人用"不留遗憾"客观分析,因为人活一世,总不能因为无法阻挡"消逝"而低迷度日。"我愿做一棵小草,一棵小小的嫩草,把绿色延伸到荒凉的山川、草原、大漠……"(《栖息与流浪之间》),诗人用隐喻的手法,表达了自己内心的急切,是心灵上的升华,把自己所接触的事物于内心反刍,咀嚼出事物本该有的质朴和触感。在尤屹峰的作品里,我总能读到希望、澄明、简洁的记忆与心灵的声音。忽然有一种异样的感觉,就像在某个清晨站在大山深处听风,听生命的颤动。虽然感觉有些模糊,但还是用心记录下了自己的感受。

说到底,诗歌的意义就在于让读者去奇思妙想,从而激活并唤醒我们最为缺失的记忆。

博尔赫斯曾言,希腊人唤醒了缪斯,希伯来人唤醒了圣灵。所以我个人认为,在所有文学体裁里,没有一种文学体裁比散文诗更突出地表现人与自然、人与生命、人与世界的关系。

《飞泻的诗雨》分为四个小辑:"春之梦""生命的思绪""春风摇曳故乡的思念""摘一滴雨露喂养干渴的心灵"。

诗人将自身置于广阔的大自然及人文背景之下,然后,把对生命、历史、文化、热爱与忧伤都交付于风。

而"春风摇曳故乡的思念"小辑里的《听风诉说》:你听过风的诉说吗?你能听懂风的诉说吗?可以看出,诗人对风本身的向往,他想成为风。且以自问和他问的独特方式开头,设置悬念。诗人果断地将自己交付于风,不禁让我想起了宫崎骏作品《起风了》里的一句话:"谁看见过风?我和你,都不曾看见过,但是当树叶颤动之时,就代表风正吹拂而过,风啊,请展开羽翼,将它送达你的身边。"我想诗人应该也试图通过风的诉说,对自己的心灵疆域完成一次扩张与丈量。

一杯茶沏好。

热气似音乐，袅袅，袅袅……

在热气袅袅中，清香淡淡浓浓飘起，散开，充溢整个房间。

我端详玻璃茶杯，茶杯透出淡绿淡黄的诱人颜色。我闭上眼睛，鼻子轻轻吸一吸，像轻音乐一般的茶香静静钻进鼻孔里又旋即清爽了五脏六腑。

或者，就沏一杯茶，不饮不喝也不呷不品。就在眼前放着，让淡淡的茶香幽幽飘散，人静静坐着，在茶杯前，在茶香里坐成一首诗，一尊雕像，心静静放下，放成一种空灵，连诗，连画，连禅意也都没了，只有茶香袅袅，只有无声而美妙的音乐，回响萦绕……

陪一杯茶，静坐。

——《陪一杯茶静坐》

喜欢这首散文诗，是因为在当下喧嚣的社会中，人们逐于灯红酒绿，趋于热闹繁华，能够在繁华之外永葆孤独和清醒的人越来越少。我想诗人尤屹峰不仅仅是陪一杯茶静坐，透过诗人的字里行间，我隐约读出了张岱的影子，他评价自己说："学书不成，学剑不成，学节义不成，学文章不成，学仙、学佛、学农、学圃，俱不成。"然后，却成了明清第一散文家。张岱一生爱热闹不凑热闹，而这首诗却也恰恰是诗人用自己独特的笔触从繁华处剥离出傲世刺世的锋芒。让我深受感触，他的散文诗足以慰风尘，足以驱散这个纷杂世界当中的那些来自世俗的、谄媚的、伪善的一切杂质。

撕下一页日历，就像小孩落下一声呼喊，大人泼一杯水那么容易。

又一页日历，极不经意地从我的手边滑落，悄无声息。

日历是一只岁月的鸟儿，是一片落叶，是一个时间流程的驿站……又是一颗璀璨闪耀的珍珠。

日历能经得起几多如此的撕扯？生命之树能经得起几多如此的砍伐？日月之珍珠能经得起几多如此的挥霍？

一页日历就是人之一发，头发每脱落一根，生命的沟壑就增加一道。

每天，人生履历表上是否都填上了一页丰厚的内容？

每天，都在撕下一页日历啊……

——《撕下一页日历》

这首散文诗短而有力。撕下一页日历就像小孩落下一声呼喊，大人泼一杯水那么容易。人的一生也是如此，那些被我们轻视怠慢的只不过是由生到死的一个短暂历程。细细品读这首诗，恍然间我看到了自己曾经的青涩，被时光之河吸干的躯体。令人嗟之叹之，陷入无尽的怅惘。诗人起笔发问："日历能经得起几多如此的撕扯？生命之树能经得起几多如此的砍伐？日月之珍珠能经得起几多如此的挥霍？"这些疑问，是问自己，更是问别人。人这一生终将衰老，但必须追求灵魂不朽。这也是博尔赫斯的生命理念。

诗人尤屹峰的作品集里我读到了希冀、悲痛、玄思、愤怒，当然也有很多奇思妙想。比如《老牛》《骆驼啊》等充满了诗人的悲痛与愤怒，《三月的风情》《光芒临窗》等诠释了诗人对自然、对生活的美好希冀，《渡口》《荒原在延伸……》等抽丝剥茧，将神性的光芒散播人间，引人玄思。

纵览尤屹峰的散文诗作品，无论从外在表象还是内在精神，归根结底都是在实现自我重构。其作品语言精简练达，雅俗相得益彰，优雅与通俗在诗文里完美融合。除此之外，诗人多用隐喻，展现事物的正反两面。

当然我的感受也未必正确。文学艺术之途，肯定是仁者见仁，智者见智。但诗人对自然的敬畏和对人文历史的态度，特别值得我学习和思考。总之，诗人的这部作品彰显了诗人的大情怀、高视野，让我看到了散文诗创作的更多可能性。

王亮，宁夏文艺评论家协会会员，宁夏理工学院文学与艺术学院教师。